La casa vulnerable y otras historias de la vida

ELENA TELETSKAIA

LA CASA VULNERABLE Y OTRAS HISTORIAS DE LA VIDA
© Elena Teletskaia

Editado por: Piamonte Group Editorial
Diseño cubierta y maquetación: Sara García
Ilustración: Stefania Smolkina
© 2015 Elena Teletskaia
ISBN-13: 978-84-608-7653-3
Depósito legal: B 10692-2016

Índice

La casa vulnerable

En las afueras de la ciudad una gente había construido una casa en la que pusieron toda su alma. Colocaron cada ladrillo con mucho amor, esmero y preocupación. Probablemente porque la casa era tan clara, cálida e inspiradora. Durante los años de su existencia, pasaron muchas personas. En la medida de lo posible, la casa intentó asignar a cada una su lugar dentro. Quería defender a todos los que la habitaban y regalar aunque fuese parte del amor con que había sido construida.

Los habitantes permanentes de la casa eran un matrimonio que a menudo, los visitaban unos amigos próximos. Pronto llegó un niño que invadió la vivienda con sus colores vivos, su risa fuerte y alegre y su ternura. La casa se volvió todavía más confortable.

Sin embargo, un día s se cernió sobre la casa un nubarrón cargado de lluvia, y, unos minutos más tarde, cayeron las primeras gotas esparcidas sobre el tejado. La lluvia empezó a dar vueltas minuto a minuto. La casa se encogió, pero, recordando que aquélla no era la primera lluvia de su vida, la olvidó pronto y penetró en el agradable barullo cotidiano junto a los habitantes.

Al final de la tarde, cuando en la sala diáfana se encendió la luz y desde la cocina olía a una cena sabrosa, se abrió la puerta de entrada y entró un hombre. Iba calado hasta los huesos. En momentos como aquel solía quitarse el abrigo y los zapatos en el vestíbulo y entraba en la sala con una sonrisa algo triste. Pero aquella tarde todo era diferente. Tras colgar su gorra y su paraguas en el colgador, el hombre fue hacia la sala. Su rostro parecía pensativo, cansado y algo ajeno. Pero sobre todo la casa se sorprendió porque el hombre no se había quitado el calzado sucio y el abrigo empapado. Fue hasta el lugar que la casa le había asignado y se puso a hacer sus cosas. Mientras tanto, a la casa se le partía el alma porque no sabía qué le sucedía al hombre. Sentía mucha pena por él, incluso a pesar de que el hombre le hacía daño con su comportamiento.

En general, aquella casa era muy sensible. Acogía alegre a todos cuantos entraban y asignaba a cada uno su lugar. Cuando los huéspedes dejaban de visitar la casa, sus lugares permanecían vacíos porque la casa esperaba que volviesen. Y los que se habían ido para siempre de la casa acogedora, seguían viviendo en su memoria.

Cerca de la casa hubo una tormenta, una fuerte lluvia con granizo se dirigió hacia el norte y en el cielo se encendieron las estrellas. El nuevo día prometía ser caluroso y soleado. Así fue. La casa olvidó con alegría los momentos desagradables del día anterior. Pero volvió a levantarse viento y el hombre entró en la casa. No se quitó, como solía, los zapatos en el vestíbulo, sino que fue a su sitio con sus zapatos de calle. Además, dejó una mancha en la alfombra clara de la sala confortable. Al día siguiente intentaron quitarla, pero todo su esfuerzo fue en vano. En la alfombra suave y antes blanca como la nieve se quedó una huella gris. Aquella misma tarde, el hombre llegó del trabajo y, entrando en la casa con negligencia, dio un puntapié a la puerta. Con la corriente que se había formado, la puerta se cerró ruidosamente de modo que en la planta baja los cristales tintinearon. Ya no fue cuestión de quitarse los zapatos.

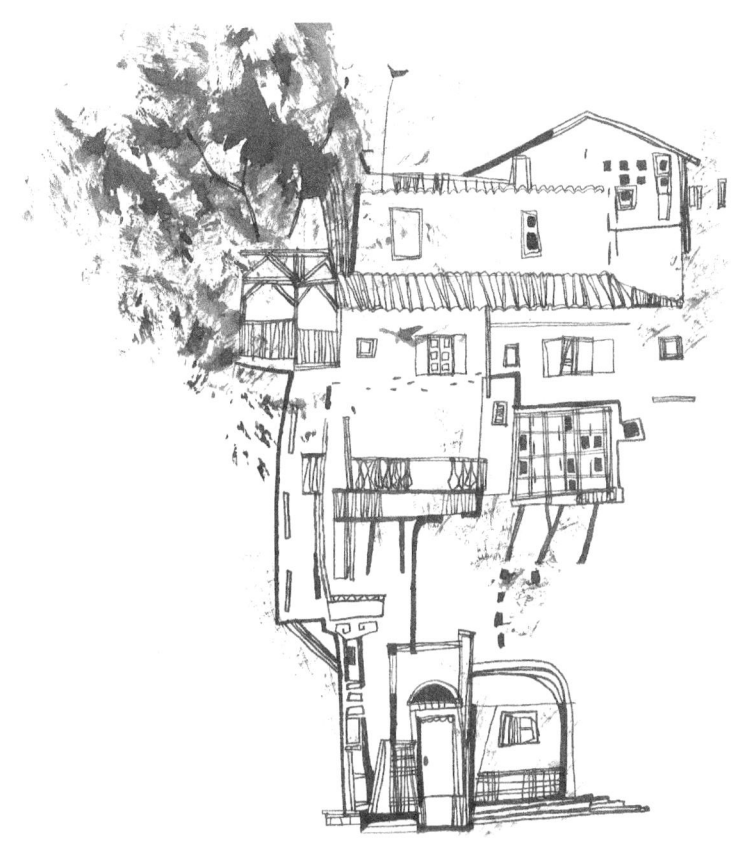

La casa se sintió incómoda. No podía entender porqué el hombre al que se había asignado el mejor rincón, lo trataba todo con tanta negligencia. Pero el hombre parecía no ser consciente del daño irreparable que infligía a la casa con su insolencia. De día en día, el hombre se comportaba con mayor crueldad con la casa. Y la casa empezó a desmoronarse. Al principio apareció una grieta en el tejado por la que entraba agua en la cocina cuando llovía. Después empezó a chirriar la puerta de entrada. No se supo por qué, pero en un lugar debajo de la casa se hundió el cimiento y la puerta que llevaba al dormitorio no cerraba. Podríamos pensar que todo esto era suficiente, pero no. Una cañería empezó a perder agua en el sótano.

Lo más sorprendente de todo ello fue que ni los habitantes ni los techadores, ni los fontaneros y carpinteros que contrataron fueron capaces de arreglar los desperfectos. Más exactamente, todo salía maravillosamente hasta el momento en que entraba el hombre triste que no prestaba atención alguna a su casa.

Los habitantes de siempre que se sentían tan cómodos en la casa se pusieron a analizar lo que había ocurrido. Los huéspedes que visitaban la casa aconsejaban firmemente a los amos que se buscasen otra casa, antes de que fuese tarde. Pero para los propietarios esta solución era inaceptable porque la casa era su hogar, y marcharse de allí sería como perder una parte vital de su cuerpo. Y sólo el hombre, cansado de todo, empezó a pensar en serio en trasladarse. Ya había empezado a buscarse un piso más cerca del centro de la ciudad y de su lugar de trabajo. No entendía o no quería dar importancia al hecho de que el lugar que le había asignado la casa permanecería vacío. Para siempre. Y los que se quedasen a vivir allí, cuando pasasen al lado de su sitio, le recordarían con tristeza.

Un día, por la mañana, cuando la casa estaba totalmente vacía, llegó el hombre. Se dirigió aprisa a su sitio, hizo la maleta y llamó un taxi. Por la noche, cuando todos los habitantes se reunieron en la sala, se dieron cuenta de que el techo encima de la butaca preferida del hombre se estaba desprendiendo. Aquel día no regresó del trabajo.

Pasaron los días, las semanas. Llevaron el sillón preferido del hombre y el escritorio al desván y los colocaron en el rincón más oscuro. Cambiaron los muebles en la habitación. Ahora el lugar que había quedado vacío lo ocupaban una butaca y una mesita para la prensa. Pero la casa no pudo olvidar a la persona que se había marchado, por mucho que lo intentase.

Con el tiempo otro hombre empezó a sentarse en la butaca. Amó aquella casa a su modo e intentó con todas sus fuerzas ordenarla y hacer reparaciones. Lo consiguió en muchas cosas. Pero, a pesar de todos los esfuerzos del nuevo propietario, la casa esperaba todos los días oír el sonido de los pasos conocidos en el patio.

Cuando su esperanza se había prácticamente desvanecido, junto a la puerta de la casa se detuvo un automóvil del que salió una persona. Al principio la casa no le reconoció. El hombre había envejecido, tenía otros andares, otra presencia e incluso otra expresión en el rostro. Permaneció indeciso durante varios minutos junto a la puerta de entrada, pero luego corrió hacia el coche. Permaneció sentado allí media hora mirando su antigua casa con tristeza. Durante el tiempo en que no había estado allí, muchas cosas habían cambiado. No, la casa no se había hundido, sino más bien lo contrario. Le habían hecho una reparación cosmética, le habían pintado la fachada de un color más vivo, y en el seto habían plantando rosales frondosos. El hombre la miraba y recordó con tristeza el día en que decidió trasladarse a un piso. Quiso hacer volver los buenos tiempos de antaño, pero su orgullo y su indecisión se lo impedían.

Desde aquel día el hombre empezó a buscar un motivo para pasar cerca de la casa y mirar hacia sus ventanas translúcidas. Cada tarde, pasaba por aquella calle.Durante horas se quedaba sentado en su coche esperando que alguien familiar o conocido saliera a la calle y le viese. Pero no salió nadie. Desde la casa solo llegaban aromas sabrosos y risas alegres.

Un día, el hombre encontró un nuevo motivo para pasar cerca de la casa, y vio como la puerta de entrada se abría sola. Parecía que en aquel momento no había nadie. Entonces decidió hacer una buena obra. Se acercó al portal, tomó la manilla con la intención de cerrar la puerta, pero aunque lo intentó repetidas veces, no lo consiguió. Como un ladronzuelo que mira temeroso a los lados, entró. Al hombre le costó reconocer su antigua vivienda. Pero de pronto los viejos recuerdos y sentimientos le embargaron. Fuera de sí, el hombre se dirigió al desván y vio su butaca y su escritorio. Estaban en excelente estado. Por lo visto, alguien se preocupaba de sacarles el polvo.El hombre se sentó en la butaca y se entregó a los recuerdos. Perdió la noción del tiempo. Únicamente una traviesa risa infantil le devolvió a la realidad. ¿Qué podía hacer ahora? ¿Cómo presentarse ante los antiguos habitantes? Pero no tenía más solución que volver a recorrer toda la casa y, evitando el dormitorio, entrar en la sala. El hombre se armó de valor y bajó.

Los antiguos habitantes, sentados a la gran mesa para tomar una taza de té aromático, le miraron sorprendidos. En sus ojos se discernía una ligera tristeza y alegría a la vez. Los hospitalarios amos le ofrecieron que se sentase a la mesa, se tomase un té y un trozo grande del pastel todavía caliente. Pero la conversación languidecía. Todos los comensales estaban sumidos en sus pensamientos. Al cabo de un rato, empezaron a hablar de temas trascendentales. Así estuvieron charlando varias horas seguidas. Fuera ya había oscurecido y era hora de que el hombre se despidiese. Los propietarios le envolvieron el pastel que había quedado y le dijeron que estarían siempre encantados de volver a verle.

Durante varios días el hombre luchó contra su deseo de volver a ir a su antigua casa y por fin se decidió.

La tarde fue muy agradable. Le trataron como si no se hubiese marchado nunca y no hubiese estropeado nada en la casa. El hombre tenía cada vez menos ganas de volver a su piso vacío en el centro de la ciudad. Pero no sabía cómo quedarse en la vieja casa después de todo lo que había pasado.

Pasaban los días y el hombre iba cada vez más de visita, incluso a veces se quedaba hasta la medianoche. Una noche, cuando el hombre ya estaba en el vestíbulo poniéndose los guantes, sobre la casa sonó un trueno y empezó a diluviar. No era posible regresar con aquel fuerte aguacero. Entonces la propietaria propuso que se quedase hasta que pasase la tormenta. Pero la lluvia siguió cayendo toda la noche sin parar. El hombre y la mujer se quedaron en la sala, hicieron fuego en la chimenea y se sirvieron vino. Hablaron de su vida, de lo que les había sucedido mientras vivían en distintos barrios de la ciudad. Se entendían y se lo perdonaron todo. Luego, empezaron a hablar de sus planes para los próximos días de fiesta. Y no se dieron cuenta de cómo se quedaron dormidos. Por la mañana, entró corriendo en la sala, el niño pequeño y con su risa alegre despertó a los adultos. Se miraron a los ojos, sin poder entender si el tiempo que habían pasado fuera de su hogar había sido una pesadilla o si aquellos muchos meses habían sido parte de su vida.En los días de fiesta, desde el amanecer, mientras todos los ocupantes todavía estaban profundamente dormidos, el hombre tomó las herramientas y se fue a arreglar desperfectos de la casa.

La casa miraba con alegría todo lo que sucedía y pensaba seriamente que había llegado el momento en que el hombre tendría que buscarse un nuevo lugar. E intentaría olvidar las antiguas ofensas.

El brezo salvaje y la azucena

En el centro de un estanque profundo vivía una azucena. Por fuera no se distinguía en nada de sus amiguitas que crecían a su lado. Era tan hermosa como ellas. Pero, sin embargo, algo la hacía distinta de las demás.

Nuestra azucena era una flor muy sociable, y posiblemente la más alegre y vital del estanque. Lograba fácilmente contactar con los nenúfares amarillos en el borde del estanque, que crecían en su proximidad y que recordaban una ruidosa familia italiana. Azucena hablaba también con placer con las libélulas a las que les gustaba tumbarse a los rayos del cálido sol de verano sobre sus anchas hojas. Y los zancudos de agua, que siempre corrían raudos a sus asuntos, le contaban las últimas noticias e incluso los cotilleos de distintos rincones del estanque. Para entender a las ranas

17

charlatanas incluso se tomó la molestia de aprender su idioma, y ellas, en señal de reconocimiento, la visitaban todas las noches y la alegraban con su plática de modo que con la risa le salían en los pétalos unas gotitas de rocío.

Seguramente, nadie hubiese dicho que la azucena fuese la flor más hermosa del mundo, pero todos los que la conocían personalmente la consideraban tierna, bondadosa, sociable y muy positiva. Ni que decir tiene que todos sus amigos le deseaban solo lo mejor.

Azucena, como todas las muchachas, soñaba con aventuras románticas, soñaba con un príncipe si es que éstos, claro está, existen en el reino de las flores.

Un día, cuando Azucena ya había cerrado sus pétalos para irse a dormir y la Luna había extendido sobre la superficie del agua un camino plateado, oyó desde la orilla un sonido extraño. Alguien la estaba llamando.

–¡Qué raro!, –pensó, –debe de ser una florecilla. Pero ¿cuál? –No lo lograba entender quién podía ser.

Y cuando prestó atención, entendió que la flor estaba hablando en un idioma extranjero del que solo sabía un par de palabras.

–Hola, –oyese de nuevo desde la orilla, –¿me oyes? ¿Cómo te llamas?

–Azucena, –contestó, añadiendo curiosa, –¿quién eres?

–Soy Campanilla. ¿Entiendes mi idioma?

–Muy mal, pero haré un esfuerzo. Cuéntame cosas tuyas, tengo ganas de saber algo sobre ti.

Y entonces Campanilla empezó a contarle historias sobre sí mismo. Pero como Azucena le entendía mal, el relato duró casi toda la noche. Se despidieron un poco antes del amanecer, tras quedar para volver a charlar la noche siguiente.

Por la mañana, en cuanto se despertó, Azucena miró hacia la orilla esperando ver a su interlocutor nocturno. Pero no vio a nadie parecido. Durante el día Azucena se dedicaba a aprender el mayor número posible de palabras del idioma nuevo de su misterioso conocido.

Por la noche, cuando todos estaban dormidos, Azucena oyó la voz del interlocutor de la víspera pasada.

–Hola, –dijo, –¿quién eres? Me he pasado la mañana mirando las plantas de la orilla, pero no he visto a ninguna Campanilla.

–Pues yo sí te he visto. Me gustaste mucho. ¡Nunca en la vida había visto flores de un color tan blanco!

–Pero, ¿quién eres? Yo también quisiera verte.

–Era una broma, –contestó, –no soy Campanilla, soy Diente de León. Hablas bien mi idioma. ¿Volveremos a hablar mañana?

–Claro que sí, –contestó Azucena, sintiendo que su conocido nocturno empezaba a gustarle.

Por la mañana contó a sus amiguitas sus conversaciones nocturnas, pero éstas se apresuraron a avisarla.

–¡Hay que ser más prudente! ¡Si no es Campanilla, hay que estar alerta! Tampoco puede ser un Diente de León: en esta época del año, todavía son muy jóvenes, y seguramente duermen por la noche. Y por la voz tampoco parece que lo sea. ¿Y si resulta ser uno de esos cazadores furtivos que cogen flores y hojas para después secarlas entre las páginas de un libro?

Azucena no se creyó la advertencia de sus amigas y decidió esclarecer el misterio. Para ello tuvo que aprender más palabras y expresiones nuevas, y saber más sobre las flores de la orilla.

Durante la noche siguiente, hizo a su amigo un auténtico interrogatorio. Él reconoció que en realidad era Brezo Salvaje. Que había nacido en otro lugar y que no había ido a parar a la orilla de aquel estanque por voluntad propia. Aunque ahora ya se había acostumbrado y estaba haciendo grandes planes de futuro. Pero le daba vergüenza contarlo de entrada. Temía que Azucena no volviese a dirigirle la palabra. Y aquella noche volvieron a hablar casi hasta el amanecer.

Por la mañana, cuando Azucena se despertó, dirigió inmediatamente su mirada hacia la orilla. Y allí, hacia el sureste del lugar más profundo del lago, vio un arbusto exuberante con unas hermosas flores de un color rosa oscuro.

Brezo le gustó mucho. Y a Azucena le gustó también aprender un idioma nuevo para por las noches poder contar a Brezo cómo había pasado el día o escuchar sus relatos de las mil y una noches. Hablaba muy poco de sí mismo. En cambio, ella escuchaba todas sus historias con la boca abierta.

Brezo Salvaje era muy elocuente, podía hablar sin cansarse de países lejanos y cálidos; y de las flores que crecían en la otra punta del mundo. Para la Azucena del Norte, todo aquello era insólito. Ella hablaba de ella misma, de su familia, sus amigos, cómo era la vida en su estanque. Así iban pasando las noches veraniegas con esas largas charlas. Y a veces incluso de día, cuando nadie les distraía, intercambiaban cumplidos, bromeaban e incluso a veces discutían.

Unas semanas después de haberse conocido, el Brezo empezó a decirle cada vez más a Azucena que era hermosa, que le gustaban mucho sus pétalos níveos frescos, qué finos eran su fino capullo y sus hojas esmeralda. Nunca nadie le había dicho cosas tan hermosas.

Poco a poco Azucena se fue enamorando de Brezo Salvaje. Su voz hacía que su capullo se estremeciese. Durante las cortas noches de invierno, soñaba con sus flores rosas vivas y con su follaje denso. Se pasaba el día esperando el atardecer, para hablar con su amado. Duarante los pocos días en que el viento soplaba desde el sureste, le llegaba el dulce aroma de sus flores, algo que enloquecía a Azucena. Para ella era la flor más buena, cariñosa y afectuosa y fiel del mundo. Con sus amigas sólo hablaba de él.

Pero éstas sólo encogían sus hojas. Azucena, como siempre, había conseguido algo original: ¡se había enamorado de una flor que no era del estanque! Y esto era algo que seguramente iba a partirle el corazón... Sus amigas más experimentadas decían que se había creado una impresión idealizada de Brezo. En realidad, esos arbustos no son tan amables e inofensivos. Azucena las oía, pero, desgraciadamente solamente obedecía a su corazón.

Un par de semanas después de conocerse, el Brezo Salvaje empezó a decir que estaba pensando en cómo podían vivir juntos.

Azucena Blanca pensaba que esto era imposible. En primer lugar, no lo conocía suficientemente; en segundo lugar, no estaba totalmente convencida de la sinceridad de sus palabras. Y lo más importante: eran flores demasiado distintas. Ella era una azucena de agua que no se podía imaginar vivir sin su estanque. ¿Y él? Él nunca había intentado introducir sus ramas en el agua.

Cuando Azucena compartió sin ninguna coquetería sus pensamientos con su amado, se asustó de veras. Primero él se enfadó y le enseñó sus espinas puntiagudas. En aquel instante, Azucena recordó todas las advertencias de sus amigas.

Pero unos minutos más tarde, el Brezo se calmó y volvió a ser el arbusto tierno y cariñoso de siempre.

Todos los días le repetía a Azucena que la amaba, que quería abrazar su delicado talle. Pero no tenía prisa por bajar a su estanque. La quería convencer de que ella fuese a la orilla.

Y una vez Azucena decidió que, si aquél era su destino, por qué no iba a ir a la tierra firme. Y nadó hasta el borde del estanque. La víspera, Brezo y ella habían acordado que él iría a buscarla, tras crear las condiciones necesarias.

Al llegar a la orilla, a Azucena le sorprendió de haber llegado antes. Sin embargo, no salió a la orilla sin su amado: podía ser demasiado peligroso. Esperó durante toda la noche a su príncipe.

Pero amaneció y él no había aparecido. Desolada, volvió a casa y decidió olvidar al Brezo. Despechada, Azucena apretó los pétalos de su capullo y quedó sumida en una tristeza apática. Así transcurrieron varios días.

Pero por la noche volvió a oír la voz conocida. Su príncipe la llamó desde la orilla. Ella se volvió hacia él, y se pusieron a charlar como si nada. Él solo mencionó de pasada la noche en que Azucena le había esperado totalmente sola junto a la orilla. Dijo que había tenido cosas importantes que hacer, que ni siquiera había tenido tiempo de avisarla.

Brezo Salvaje, más persuasivo que nunca, empezó a convencerla de que se fuese con él. Pero cada vez algo se lo impedía.

El verano estaba en su apogeo cuando Azucena conoció a una florecilla de un amarillo vivo de la orilla sur del estanque. Se enamoró de la flor, olvidando por algún tiempo a su príncipe oriental. Durante varias semanas no vio ni habló con Brezo Salvaje.

Un día, Azucena miró hacia donde vivía su amado, y no lo reconoció. En el arbusto no había ni una sola flor exuberante como las que la habían enloquecido. Bajo el follaje verde la miraban unos pequeños frutos rojos.

El sol electrónico

Había nacido en las afueras de una ciudad de provincias. Desde su infancia, sus padres, parientes y conocidos le habían querido locamente. Tal vez porque era el hijo tardío y único de la familia y, quizás, porque estaba rodeado sólo por personas agradables y buenas.

Tuvo una infancia feliz. Pasaba las vacaciones de verano en la naturaleza donde corría despreocupado con sus amigos por los campos y bosques, era aficionado a la flora y la fauna: conocía de memoria los nombres de casi todas las plantas que crecían cerca de su casa. No hacía daño a los animales abandonados, sino que, por el contrario, siempre los defendía. Más de una vez tuvo que salvar un perro sordo de un patio vecino, cuando los niños le gastaban bromas. Siempre fue un niño bueno, luego un muchacho bueno con ojos radiantes y sinceros. Creía en la gente y opinaba que todas las personas eran buenas, que lo único importante es encontrar un enfoque para cada una.

Lo que más le gustaba en el mundo era contemplar el cielo en las noches de agosto, cuando no hay ni una nube, y la Luna brilla fuerte. Pedía deseos a las estrellas fugaces que caen sin importarle que no todos se cumpliesen. Su mejor amigo era el Sol. Sí, el que vemos casi todos los días. Se alegraba sinceramente cuando, después de despertarse, lo veía por la ventana. Le confiaba sus sueños más íntimos, compartía con él sus secretos, sus impresiones e incluso a veces le pedía consejo.

Pasaron los años y cambió el mundo a nuestro alrededor. ¿O fuimos nosotros quienes cambiamos nuestra relación con el mundo? Empezó a tener otros deseos. Necesitaba mucho más que la naturaleza y el Sol: la fama, una carrera, dinero, a fin de cuentas. Está claro, ¿quién renuncia a todo esto? Le pareció que su ciudad se le quedaba pequeña y se marchó.

El tren se acercaba a su destino, él estaba en la plataforma con un simple hatillo y un billete de sólo ida. Su mirada se dirigía a lo lejos y radiaba la misma sinceridad y calidez que en su infancia. Al bajar del tren, vio a su fiel amigo: el Sol. Le envolvía alegremente con sus cálidos rayos y jugueteaba con su ojo derecho.

–¡Bueno, ha llegado la hora de conquistar esta ciudad! –pensó, tomando sus cosas y, lanzando un guiño a su viejo amigo, se fue hacia el centro.

Estaba feliz: ¡empezaba una nueva vida! Su amigo iba a su lado y su humor era excelente.

Recorrió tan sólo unos metros y se dio cuenta de que algo no era como debía ser. En primer lugar, había perdido a su amigo entre el edificio de la estación y un gigante gris de vidrio y hormigón. En segundo lugar, no sabía adónde ir porque allí nadie le esperaba. En aquella enorme ciudad no tenía ni parientes ni amigos, ni siquiera conocidos. Y, en tercer lugar, no entendía dónde estaba. Le parecía que era la misma ciudad del mismo país. Un poco más grande, pero habitada por las mismas personas. Las casas y las

calles eran iguales que en su ciudad. Sin embargo, todo cuanto veía le producía la impresión no sólo de otra ciudad, sino de otro mundo. De un mundo en el que las casas eran tan altas que ocultaban el Sol, las calles tan estrechas que los coches circulaban por el área peatonal. La gente estaba tan absorta en sí misma que no veía a los demás. Iban como robots en dos direcciones, sin sonreír, sin darse la vuelta, sin percatarse de los niños, de los ancianos, de los animales abandonados.

El repugnante sonido del claxon de un coche le despertó y le hizo volver en sí. Desconcertado, estaba en medio de una calle animada, sin saber adónde ir: hacia adelante, a lo desconocido, o hacia atrás, hacia su mundo que se le había quedado muy pequeño. Al bocinazo de un coche negro se unió el aullido de otra decena de coches que iban detrás. Dio un paso adelante y se fundió en la muchedumbre de robots.

Pasaron algunos días largos y, por fin, volvió en sí. Recordó lo que le habían enseñado sus padres: ¡no rendirse sin luchar! ¡Pero qué extraño resultaba empezar de cero! Darse a conocer, buscar a nuevos conocidos, acostumbrarse a su nueva vida.

Habían transcurrido varias semanas desde su llegada. Iba corriendo a su trabajo. Llevaba un moderno traje sobrio, una cartera en la mano y un paraguas plegable (en la gran ciudad llueve a menudo y el Sol brilla muy pocas veces), pero en la cabeza tenía todo un enjambre de ideas creativas. Entra en la oficina donde todo resplandece: la pantalla del ordenador, los tiradores cromados de los muebles. Las puertas de vidrio del armario y la nueva máquina de café reflejan la luz de las lámparas de la luz diurna. Regala una sonrisa deslumbrante y blanca como la nieve a su hermosa secretaria, y se enfrasca en el trabajo.

Siempre se marcha el último de la oficina. Tras despedirse cortésmente de las limpiadoras nocturnas, cierra la cartera y va a buscar el paraguas. Ya está en la calle. En su rostro hay una sonrisa de cansancio, en sus ojos un fuego frío. En ellos se reflejan las luces de la ciudad vespertina y la luz de las luces de los coches. Hace tiempo que sus ojos no brillan como antes.

Al llegar a su casa, se deja caer en la cama y se duerme. No sueña nada. Todas las mañanas se levanta cinco minutos después de que suene el despertador, y siempre se sorprende:

—¿Es posible que no lo haya oído?

Se va a trabajar cuando todavía es oscuro y regresa cuando ya hace tiempo que ha oscurecido. Su vida está pautada minuto a minuto y todo está sometido a un orden ideal: despertador, desayuno, taxi colectivo, oficina; taxi colectivo, metro, cena, despertador... Es cierto que dos veces por semana va al gimnasio y al club los días festivos. Pero en la oficina dicen que ha entrado un colaborador con perspectivas, que tiene muchas posibilidades de ocupar el puesto de director general dentro de un par de años. Por supuesto, algunos le envidian. Intentan urdir intrigas y a menudo le ponen la zancadilla ante los jefes. Esto le hiere profundamente, pero sale dignamente de cualquier mal trance.

La única cosa que ha olvidado por completo es cuándo fue la última vez que contempló un cielo estrellado o cuándo le pidió un deseo a una estrella fugaz. A veces tiene insomnio por la noche y se acerca esperanzado a la ventana abierta. Pero en el cielo no se ven estrellas. Incluso si tiene suerte y el cielo no está de buen humor, una espesa capa de smog oculta el cielo puro. Además, en la gran ciudad nunca se está suficientemente a oscuras a causa de los escaparates iluminados y las vallas publicitarias que parpadean. Triste, vuelve a la cama, y de nuevo: despertador, desayuno, metro...

En esta gran ciudad la vida transcurre de un modo muy distinto. Por ejemplo, las estaciones del año. Son tres, y no cuatro como en su ciudad. Aquí hay un verano agobiante, un invierno lluvioso y un prolongado entretiempo.

En algún momento se perdió: no entendía en qué estación estaba, qué hora era. Sabía sólo un par de cosas: el principio y el final de su día de trabajo, el final del verano y del invierno, la fecha de entrega de los informes bianuales. Pero deseaba otra cosa. Estaba saturado de su trepidante carrera y de su bienestar material. Echaba de menos el Sol y las estrellas fugaces. Soñaba con ellos todos los días porque los veía incluso en las gruesas revistas de papel satinado y en los paneles publicitarios del metro.

Una vez, consiguió salir de su trabajo unas horas, entre una reunión y una presentación. Tras dejar en su oficina su nueva cartera de cuero y el paraguas plegable, salió a la calle. Anduvo con la cabeza gacha por la calle principal. No veía ni a los niños, ni a los ancianos, ni los perros, ni siquiera las chicas hermosas con las que se cruzaba.

De pronto vio una fuerte luz. Se distrajo de sus pensamientos sombríos y, recordando a su antiguo amigo, sintió que algo frío le corría por la garganta, por el estómago y se deshacía en el vientre. ¿Era posible que fuese él? ¡No podía ser! Levantó la cabeza y se volvió hacia atrás bruscamente. ¿Pero dónde? El cielo estaba densamente cubierto de nubes cargadas de lluvia. No había señales del sol. Entonces miró hacia la izquierda y hacia arriba a los edificios y vio un letrero electrónico. Suspiró profundamente, con una sonrisa en los labios y prosiguió su camino.

Así vagabundeó por las calles hasta que el crepúsculo cayó sobre la ciudad que se iluminó con luces alegres. Volvió a ver una luz fuerte. Y, aunque entendía que era demasiado tarde para el Sol, siguió caminando como empujado por una fuerza invisible. Iba hacia la luz como una mariposa nocturna. Su paso se convirtió poco a poco en una carrera, y ya nada le pudo detener.

Así llegó hasta la plaza. Por fin vio el Sol. Cierto, no el de verdad, sino el electrónico, en el que se configuraba el pronóstico del tiempo para la semana siguiente.

¿Acaso podía contar a aquel amigo sus problemas, compartir sus sufrimientos y pedirle consejo?

Regresó a casa cansado, derrotado y solo. Se sentó en el diván, zapeó con el mando los canales televisivos, se hizo un café. En su corazón deseos contradictorios luchaban entre sí.

De pronto, se levantó del sofá, dejó caer el mando, buscó su bolsa de viaje y preparó sus cosas en diez minutos.

Media hora más tarde estaba en la estación. Y diez minutos después, oyó que anunciaban la llegada del tren. Extrañamente, el rostro del jefe de tren le pareció conocido...

El tren se puso en marcha. Estaba en la plataforma del vagón y acompañaba con su mirada las luces de la gran ciudad. En su mano derecha apretaba su billete de ida. Por la mañana del día siguiente bajó en la estación de la pequeña ciudad de provincias. Y allí le recibió su amigo más fiel: el Sol.

Historia invernal

En el horizonte empezaba a apuntar un débil amanecer. El solecito estaba a punto de salir. Pequeño, amarillento, tan esperado. Pero no era totalmente cálido porque era invierno. La ciudad ya había perdido la costumbre de sus visitas infrecuentes. Había nevado varios días seguidos para dar paso a una lluvia asquerosa o a una llovizna helada. Pero el día de hoy promete ser muy inhabitual. En el aire se respira algo aventurero, impredecible.

Solecito, vamos, no nos abandones, danos alegría aunque sea sólo por un día. Allí abajo la gente ya estaba ajetreada: el metro estaba abierto, por la calle circulaban las máquinas quitanieves: la ciudad vivía su vida habitual.

–Volvemos a tener mala suerte con el tiempo, –dijo un hombre entrando en el minibús.

Era verdad. Desde el golfo de Finlandia soplaba un viento frío y húmedo. El cielo se enfurruñó, se picó y, unos minutos más tarde, volvía a caer del cielo una nieve fina. Los copos de nieve volaban lentos, como si pensasen cómo tenían que ir por la carretera. Así iban entrando unos copos en la juguetería, otros en la nueva cafetería de la esquina, y otros más en las casas de los ciudadanos de a pie. Y cada copo de nieve se posaba pacientemente en un tejadillo o en un alféizar y observaba con curiosidad a los que por allí pasaban. Pero en cuanto se pusieron más cómodos, empezó a soplar un fuerte viento que los arrancó de los lugares donde estaban y se pusieron a dar vueltas en un corro loco en la calle más frecuentada. Volaban y tropezaban con los transeúntes, golpeándose contra los escaparates iluminados y volviendo a empezar un baile desorbitado.

Oscureció sobre la ciudad, y la gente empezó a volver a sus casas. El corro seguía dando vueltas, subiendo hacia el cielo o cayendo al suelo. Un copo de nieve curioso se apartó de la danza general y se elevó para ver lo que pasaba detrás de la ventana. Pero de pronto apagaron la luz y él, inesperadamente, cayó en el corro. En su vuelo se unió a otro copo de nieve que arrastró consigo. Pero, ¡cuántos querían separarlos! Pero, ¡cuántos querían separarlos! Cerca de allí corría un niño pequeño con un cubo en la mano que quería cogerlos y llevárselos a casa. Pero se escapaban volando. Y aquel perro divertido le gustaba coger la nieve con el morro. También sabía beber agua de un charco. Le producía una alegría indescriptible. Así pues, aquel perro quería agarrar aquella pareja de copos de nieve, pero no le dio tiempo. Porque se le adelantó el viento.

También el viento quería separar los copos de nieve. El viento los hizo subir hacia el cielo y con una ráfaga los precipitó sobre la cúpula de la catedral. Para ser sinceros, al principio también querían desengancharse, para viajar solos. Pero luego se acostumbraron uno al otro y no podían imaginar su existencia en solo.se acostumbraron uno al otro y no podían imaginar su existencia en solo.

Cuando los copos de nieve volvieron en sí, era casi de noche. Unos fuertes focos iluminaban la catedral. Y toda la ciudad estaba decorada con fanales de distintos colores, lámparas, guirnaldas y otras fruslerías que creaban un ambiente festivo. Los copos de nieve miraban a ambos lados, luego se miraron y sesorprendieron. ¿Por qué habían querido separarse y para qué? ¡Estaban tan bien juntos!

Los copos de nieve se engancharon más fuerte y se apartaron de la cúpula. Les daba igual hacia dónde volaban, solo querían estar juntos. Y todos los que los veían lo entendían.

El viento fue, claro está, el primero que los vio. Y entonces pensó: ¿Por qué no hacerles un regalo? Hacía tan pocos regalos. Entonces, la ráfaga de viento se calmó, la nieve dejó de caer del cielo y solamente quedó un suave viento que agarró los copos de nieve y como en un juego los llevó por las calles nevadas de la ciudad.

–¡Qué tiempo hace hoy! –rezongó el mismo hombre que volvía a viajar en el minibús de regreso de su trabajo.

Pero los copos de nieve no le hacían caso: admiraban la ciudad nocturna mientras estaban sentados en la espalda de la estatua en forma de Esfinge.

Entonces el viento volvió a elevarlos hacia el cielo y, transportándolos con cuidado por encima del río Nevá, los depositó en un banco, en la plaza cercana a la fuente.

–¿Subimos a la Columna? –propuso uno de los copos.

–¿La Columna? ¿Es posible que no haya nada más bonito en esta ciudad? ¡Hemos sobrevolado canales sinuosos, iglesias majestuosas! –se sorprendió el otro.

–¡Qué divertido eres!, –sonrió el primero, –la columna Alejandrina es el punto más alto. Desde allí puedes ver todo lo que quieras. Ahora todo es nuestro...

El jardinero diligente

Durante muchos años vivió en el mismo lugar de un parque un arbusto de lo más corriente. Todos los que pasaban por allí le llamaban espino.

Nadie entendía por qué estaba allí, casi en el centro del parque. No tenía ninguna hermosura. Hacía muchos años que no había dado ni una sola flor. Sólo hojas verdes y espinas puntiagudas. Si hubiese estado en la linde del parque, ¡hubiese desempeñado el papel de seto vivo!

Pero por algún motivo nadie lo había arrancado del lugar donde estaba plantado. Al principio nadie le prestaba atención. Pero luego pensaron que aquel horror tenía una cierta utilidad. En primer lugar, se veía muy armonioso en el lugar donde estaba, y para las flores que crecían a su alrededor era una protección segura del sol y de los pájaros inoportunos.

Un día, un hombre de mediana edad se sentó en el banco junto al arbusto solitario. En su mente estaba lejos de allí. Pensaba en la acogedora casa que tanto anhelaba construir, en la familia unida que no tenía desde hacía muchos años y en los amigos fieles que le habían abandonado para siempre. A pesar de aquel magnífico tiempo soleado, en el fondo de su alma estaba triste. De pronto, algo le distrajo de sus tristes pensamientos y vio a su lado un arbusto solitario, abandonado por todos. De pronto, algo le distrajo de sus tristes pensamientos. Vio a su lado un arbusto solitario, abandonado por todos. El hombre intuyó que se le parecía mucho: era punzante, como él, cubierto de un pelo espeso; estaba solo en una ciudad tan grande. Era una persona de lo más corriente, no destacaba en nada. No tenía a su lado a personas que le quisieran o que se preocupasen por él. Más bien al contrario: sacaba de quicio a algunos, y otros deseaban secretamente que se fuese por fin a su país y no regresase jamás.

No sabían que tenía un corazón muy apasionado, un alma pura, dispuesta a abrirse a quien fuese y también mucho amor y calor por dar.

–Hola, patito feo, –el hombre hablaba mentalmente con el espino, –¿qué tal?

El hombre estaba, por supuesto, en su sano juicio y sabía que el arbusto no iba a contestarle. Pero tenía tantas ganas de hablar con alguien, de ayudar, de apoyar. Así pues, decidió que a partir de entonces visitaría la planta más a menudo. Por lo menos tendría un motivo para pasear por el parque.

Una semana más tarde, el hombre volvió al parque, se sentó en el banco siempre vacío junto al espino poco atractivo y estuvo allí meditando durante varias horas sobre la oferta de un nuevo empleo que le habían hecho. Haciendo preguntas retóricas, pedía consejo al arbusto sobre la mejor manera de actuar. Al discurso mudo del hombre, el arbusto contestaba sólo con el susurro de sus hojas. Según parece, el hombre consideraba que eran respuestas.

Aproximadamente una semana después, el hombre fue al parque de excelente humor. En su nuevo trabajo las cosas le iban muy bien, y con una sonrisa en los labios observaba cómo su nuevo amigo susurraba con su follaje, descubriendo de vez en cuando sus espinas puntiagudas.

Al irse a casa, el hombre se acercó al arbusto y, acariciándole con prudencia una rama verde flexible, gruñó:

–Venga, amiguito, ¡no te desanimes! ¡Todo nos irá bien! Nos veremos pronto.

Así pasó el hombre todo el verano, paseando por el parque junto al arbusto abandonado durante todo el verano. Y cuando el otoño vistió los árboles con su elegante traje amarillo anaranjado, el arbusto también se transformó. No le quedaba ni una hoja del mismo color que otra. Tenía algunas hojas verdes, otras, eran de un fuerte color amarillo oscuro. Pero de todos modos las más hermosas eran las de color vino con nervaduras naranjas. Ahora el espino ordinario parecía una belleza vestida con un traje de noche de un diseñador de renombre.

–Anda, –dijo el hombre en un arranque de cólera, –¡no eres un espino, eres un arbusto muy hermoso!

Desde entonces varió un poco su relación con la pobre planta. Al llegar al parque, intentaba siempre hablar mentalmente con ella, hacerle cumplidos o animarla. Por una parte, era precisamente lo que le faltaba. Ahora lo hacía por el arbusto con un placer especial porque en su vida no había una persona próxima a quien pudiese prodigar su calor y sus cuidados. Y, por otra parte, no en vano se dice que las plantas de interior saben captar el humor de sus amos y crecen mejor si se les habla. El hombre lo había leído en la prensa de la ciudad. Tal vez aquello no eran conjeturas de los científicos y un día aquel monstruo abandonado le oiría...

Llegó el invierno. El parque se quedó vacío, y sólo a veces por la tarde se podía ver a un hombre solitario de mediana edad. Dando varias vueltas grandes por el perímetro del parque, se detenía invariablemente en el centro junto al arbusto salpicado de nieve y se quedaba pensando en sus cosas hasta que los pies se le quedaban helados.

–Eres mi reina de las nieves, –se dirigía mentalmente al arbusto, –¡mira cómo se queda la nieve esponjosa en tus fuertes ramas, cómo brillan los copos en los rayos del sol que se marcha! Si supiese dibujar, ¡vendría aquí con mis pinturas!

En respuesta a estas palabras, algunas ramas del espino se estremecían todas las veces, y la nieve se caía al suelo, desnudando las espinas peligrosas.

Pero sólo a un hombre nunca le parecieron tan puntiagudas.

La primavera llegó sin que nadie se diese cuenta. Corrió por los lugares deshelados. Cerraron el parque para secarlo. Durante varias semanas, el hombre tuvo que regresar a casa siguiendo otro itinerario.

Cuando volvieron a abrir el parque, el hombre fue uno de sus primeros visitantes. Se había acostumbrado tanto a su espino que quería ver cuanto antes cómo estaba. Calvo, con pequeñas espinas puntiagudas, con largas ramas delgadas, minúsculo... ¡No se parecía en nada a una orquídea! Pero para aquel hombre aquella planta era su preferida. Le gustaban sus yemas henchidas, sus elegantes ramas espesas e incluso el hecho de que el espino no fuese muy alto. Recordaba muy bien su hermosura en otoño, y en invierno, en la escarcha centelleante o bajo la nieve espesa: una auténtica belleza.

Con esmero se agachó ante el arbusto para recoger las ramas secas rotas. Sus manos callosas, cansadas, no sentían los pinchazos de las espinas.

Ahora el hombre podía volver a pasear casi todos los días por el parque, observar la vida del arbusto y sentir su apoyo silencioso.

–Mira, te han salido las hojitas en estos días. Todavía son muy pequeñas. Pero muy pronto crecerán y ocultarán tus espinas de los ojos de la gente. Y entonces todos dirán que eres un arbusto hermoso.

Así pasaban los días. No hubo ni un solo día en que el hombre no dijese algo agradable al arbusto.

Una mañana, el hombre llegó al parque por la mañana, observó que en las ramas detrás de las hojas había salido algo. Mirándolas de cerca, entendió que eran los capullos de las flores. Su sorpresa fue extrema.

–Mi reina, ¿resulta que puedes florecer? ¡Caramba! Vamos, ¡enseña a todos tu auténtica cara!

En efecto, dos días más tarde aparecieron pequeñas flores blancas en el arbusto. Finas, delicadas, increíblemente hermosas.

Cada vez más personas se sentaban en el banco junto al espino. A veces alguien se fotografiaba delante del arbusto. Pero el hombre seguía acudiendo a aquel lugar cuando salía de su trabajo.

–¡Eres mi princesa! Mira, ¡en todo el parque no hay una flor que pueda compararse contigo por su hermosura! –seguía el hombre alabando el espino.

Aunque ya nadie se hubiese atrevido a llamar espino a aquel arbusto.

Algunos días después de que las flores se hubiesen abierto del todo, apareció un olor agradable poco habitual en un radio de varios metros alrededor. Fresco, dulce, seductor. Ahora se apresuraban a ir al arbusto no sólo los paseantes ávidos que querían hacerse hermosas fotos, sino también hacendosas abejas e insectos siempre hambrientos.

Pero el hombre que quería admirar su espino se sentaba allí durante horas enteras y observaba las transformaciones de su arbusto. Precisamente allí, en el banco olvidado por todos, viendo cómo se había transformado la planta, se sintió feliz por primera vez. Incluso unos pocos minutos en el parque junto al arbusto le bastaban para cargarse de energía positiva, para ir a trabajar al día siguiente con los ojos resplandecientes. Por fin, se afeitó la barba y renovó totalmente su vestuario. Y la gente, al ver su sonrisa y sentir su seguridad en sí mismo, acudían cada vez a pedirle consejo o un favor. Todos los problemas parecieron esfumarse en el pasado.

Al comenzar el verano, las hojas del arbusto cayeron, y en su lugar salieron frutos rojos. Al principio eran pequeños, casi imperceptibles, pero a mediados del verano había grandes bayas jugosas. Y solo entonces, todos entendieron que muchos años antes había crecido en el parque un espino que nunca había ni florecido ni dado frutos. Y ahora sin saber por qué de pronto se había convertido no solo en un arbusto lujurioso, con flores hermosas y aromáticas, sino que había empezado a dar frutos.

Las dos fuentes

Tras la finalización del esbozo, se hizo intervenir a los ingenieros en la elaboración. Su tarea no resultó ser fácil. Para lograr que las fuentes fuesen irrepetibles e inolvidables, tuvieron que pensar en todos los pormenores: conectar decenas de tuberías para crear una cascada suntuosa; unir las bombas con la iluminación para que todo funcionase como en una orquesta de viento armoniosa y, por último, imaginar cómo conectar la música para casos particularmente solemnes. Los constructores incluso tuvieron que hacer una fuente en miniatura para comprobar su funcionamiento. Cuando apretaron la última tuerca y conectaron la bomba de agua, todos los participantes del proyecto se quedaron con el corazón colgando de un hilo. Sufrían por su criatura. Pero el resultado superó con creces todas sus expectativas. La fuente quedó hermosa, original, romántica y bien integrada en el estilo arquitectónico de la ciudad.

Cuando los fríos de marzo cedieron el paso al calor del Sol de primavera, fueron al lugar y empezaron a instalar las dos gemelas frente a frente a ambos lados de la avenida. Tras la instalación conectaron el agua. Para su sorpresa, durante el trabajo, los organizadores no tuvieron que enfrentarse a situaciones imprevistas. Incluso parecía que el tiempo les ayudaba.

A finales de abril, cuando las fuentes ya estaban listas para entrar en funcionamiento, se decidió llevar a cabo una puesta en marcha de control. Todos los participantes se reunieron y esperaron al máximo responsable del Vodokanal. Nadie dudaba de que todo saldría bien porque al principio todo había ido sobre ruedas. Por fin, llegó la persona más importante, conectó la tecla roja oculta, dando así vida a las dos hermanas gemelas.

El agua fluía por las tuberías, corría de vaso en vaso, se elevaba a lo alto como la nave de Yuri Gagarin. Conectaron la iluminación, y las fuentes se transformaron. Ahora parecían dos personajes de la alta sociedad con sus mejores galas para asistir a una fiesta exclusiva. Cuando los organizadores pusieron la música, vieron su sueño hecho realidad. Ante ellos tenían dos fuentes irrepetibles, con una belleza y unas soluciones técnicas que no se habían visto jamás.

El día de la ciudad se celebró con la algarabía típica de aquella metrópolis. Las fuentes gemelas eran el centro de atención. Las mostraron en todas las cadenas de televisión del país. Todos los que habían oído hablar de ellas, aunque solo fuese una vez, querían ir inmediatamente a la ciudad para verlas en persona.

Después del día de la ciudad, la pasión por las gemelas disminuyó un poco, y la ciudad volvió a la normalidad. Pero las fuentes también vivían como sus hermanos: se despertaban por la mañana, alegraban a los habitantes y visitantes de la ciudad con su belleza y, por la noche, tras haber funcionado a todo ritmo, se dormían en un sueño profundo.

Pero un día un transeúnte corriente observó que una de las fuentes no funcionaba a pleno ritmo. El chorro de agua de su hermana del lado opuesto era mucho más alto, y la iluminación mucho más fuerte. Se notificó el incidente a los promotores del proyecto. La mañana siguiente, un grupo de ingenieros y reparadores se reunió junto a la fuente. Comprobaron las tuercas, sustituyeron las cañerías, pero no descubrieron grandes fallos.

Cuando se puso el sol sobre la ciudad y se durmieron todas las fuentes, una no se durmió, solo se hizo la dormida. Y cuando el último papanatas desapareció de la avenida y pasó el camión de la basura, llamó susurrando a su hermana. Ella tampoco dormía, estaba sumida en sus pensamientos.

–Eh, hermana, ¿cómo te sientes? ¿Te pasa algo con la bomba o, a lo mejor, un gamberro te estropeó el mecanismo ayer por la noche? ¿Por qué funcionas a medio gas?

–Qué va, hermanita, estoy en plena forma. Las bombas impulsan el agua como antes. Y, como sabes, la gente no puede hacernos mucho daño.

–Entonces no entiendo nada. ¿Qué te ocurre?

–Sabes, todas las noches que estamos juntas, pienso en el sentido de la vida. ¿Cuál crees que es?

–¿Cómo? ¿Que cuál es? Dar alegría a la gente y embellecer la ciudad. Nos hicieron para esto. Debemos elevar el agua hacia el cielo, por la noche debemos iluminarla, y a veces incluso crear un verdadero espectáculo.

–Lo entiendo, hermana, pero yo no creo que sea así. Dime, ¿para qué trabajamos cada día a pleno gas? Nos quedaremos muy pronto sin fuerzas. Y cuando llegue el momento más importante, ni tú ni yo podremos hacer nada.

–¿El momento más importante? No entiendo qué quieres decir.

–Yo tampoco sé cuándo llegará el momento más importante. Solo sé que llegará sin falta y habremos gastado nuestra energía en vano. ¡Hay que ahorrar recursos!

Hablaron toda la noche y ni siquiera se dieron cuenta de que estaba amaneciendo y que por sus venas volvía a correr el agua fría.

Durante todo el día, la fuente miró atónita a su hermana, sin entender sus ideas. Por la manana, los técnicos de mantenimiento volvieron a las fuentes, pero se fueron tal y como habían venido sin haber encontrado el fallo.

Por la noche, las hermanas prosiguieron la conversación:

–¿Por qué eres tan tozuda? ¿Por qué no te alegras todos los días de vivir aquí y ahora?

–¡Por qué pienso en el futuro! Para vivir bien después y alegrarse de todo no hace falta mucho: portarse con más modestia y ahorrar fuerzas.

–¿No ves que vienen a vernos personas de todo el país?

–Esto está bien. Llegará un día en que entiendan que hay que vivir así.

Llegaron las noches blancas. Una fuente seguía alegrando a la gente durante toda la noche, pero su hermana gemela se negaba a hacer horas extra. Los ingenieros y arquitectos solamente abrían los brazos no entendiendo por qué dos mecanismos totalmente idénticos funcionaban de manera distinta. La gente se paraba cada vez más para fotografiar la fuente alegre, y sólo pasaban por delante de su hermana.

Así transcurrió todo el verano y el otoño. Una fuente vivía el presente y la otra seguía esperando su hora estelar. Las noches eran cada vez más largas y frías y pronto llegaron las primeras heladas. La ciudad empezó a prepararse para el invierno. Encendían las fuentes con menos frecuencia, y pronto las apagaron completamente para el invierno. La fuente comedida no esperó el momento más importante en que podría funcionar a todo gas.

Llegó el invierno. En todo el país y en el extranjero, la gente hojeaba con alegría sus álbumes de fotos, recordando los días calurosos de verano. Y casi en cada álbum podía verse la fotografía de la fuente alegre que vivía a todo gas. A la gente le gustaba comentar con sus amigos su belleza y su carácter único. Nadie recordaba a su hermana gemela. Sus fotos solo aparecían en recortes de prensa del día de la ciudad o de la inauguración del nuevo monumento.

Durante las largas veladas de invierno, la fuente feliz hablaba a su hermana sobre las personas interesantes que se detenían ante ella, sobre las citas románticas que se daban y sobre los niños alegres que saltaban en su estanque los días de calor. Pero su hermana, solo escuchaba estas historias con tristeza. Prácticamente no tenía nada que recordar. Pero no quería reconocerlo. Entendió que había estado esperando en vano el mejor momento porque no se había dado cuenta de cómo éste había pasado por su lado.

No te vayas

-Tic-tic.

Una nueva solicitud para añadir un contacto en Skype.

–Soy Patrick. Añádeme a tu lista de contactos.

Unos días para pensarlo. ¿No es posible que sea otro pervertido? Me gustaría saber lo que se oculta en realidad tras este «doctor». Aunque... Alemania. Sale el teléfono, hay un nombre. OK. Lo añado.

–Hola. Tienes una imagen curiosa en el avatar (una chica dibujada en un mini uniforme militar de color caqui, con un cigarro encendido en la mano).

–Claro, soy yo (emoticón)

–Ah. Cubana, Pacocobana...

Bueno, Pacocobana no es Río, y no está en Cuba...

–Ummm, muy lista. Me gusta tu respuesta. Dice mucho de tu inteligencia.

–¿Ya dice tanto? ¿Con sólo una respuesta?

–Sí, dice mucho. Claro, sería interesante conocerse. Conocerte mejor. Verte de verdad. Y, por cierto, ¿por qué de pronto cubana?

–Ahora estoy trabajando en un nuevo proyecto. Una película sobre el Che Guevara, sobre la Revolución Cubana. Así que es, en cierto modo, para meterme más en el personaje. Tú ¿a qué te dedicas?

–Soy médico. Aquí tengo el nick de «doctor».

–Es sorprendente, todo tan sencillo. ¿Y la foto en el avatar es seguramente tu perro?

–Ya ves, has vuelto a demostrar mi idea sobre ti. Sagaz.

–Vale, basta de cumplidos. Tengo que irme, así que ¡hasta pronto!

–¡Hasta pronto!

Durante una semana no me conecté a la red. El trabajo, Ernesto Che Guevara y Argentina me absorbieron por completo. En uno de los días de fiesta entré en Skype. Él estaba conectado.

–Hola, ¿qué tal? ¿Qué novedades tienes?

–Pues estoy viendo las noticias de Rusia. ¿Qué tal os va?

–Igual que a todos. Normal. La vida en las ciudades importantes es muy distinta de la vida en las provincias. En realidad, no se puede contar así como así. Mejor que vengas y lo veas con tus propios ojos. No tengas miedo, los osos no van por las calles. (emoticón)

–Estuve en Moscú hace cinco años. Es un país extraño. La gente es extraña.

–¿Cómo? ¿Qué tenemos de extraño?

–No lo sé. No puedo entender a los rusos, por mucho que lo intente.

–Vale, dame un ejemplo. Analicemos un caso concreto.

–Bien. Tengo un colega, un ruso, que está casado y tiene dos hijos. Pero cada vez que vamos juntos a un viaje de trabajo, tiene un ligue. Y después regresa a casa como si no hubiese pasado nada.

–¿Y nada más? Esto no es una característica típicamente rusa. También hay alemanes así. ¡Créeme! Pero estoy de acuerdo: conforme nos desplazamos hacia Oriente o hacia el Sur, los hombres son más activos y más pasivas las mujeres. Eso sí, nuestra sociedad es más patriarcal que la alemana. A veces me parece que los hombres alemanes están atemorizados por feministas guerreras.

–Sí, estoy de acuerdo, el feminismo transformó mucho a varias generaciones.

–¿Y qué tiene de bueno? Cuando la chica lleva su maleta, y el tío ni siquiera le propone ayuda. ¿Es una norma?

–No. Y tampoco es mi caso. Considero que un hombre siempre tiene que ser un hombre, independientemente de su nacionalidad. Por cierto, ¿cuántos años tienes?

–30.

–Estás casada?

–No.

–Para una rusa no es muy frecuente.

–¿Otra vez tus tópicos? Aunque estuve casada. ¿Qué tal? ¿Ahora correspondo al patrón?

–(emoticón) Envíame una foto tuya. Tengo ganas de ver cómo eres.

–No, no te la voy a enviar. Cambiaré el avatar. ¿Te parece?

–De acuerdo, como quieras.

–Entonces, tú también. Quiero hablar con una persona real, no con su perro.

Unos segundos más tarde, me está mirando un hombre agradable de edad mediana, con gafas, una sonrisa bondadosa y pelo claro rizado.

En cuanto cambié mi foto, llegó un mensaje.

–Dios mío, ¡Qué hermosa eres! ¿Eres tú?

–¿Más cumplidos? Pero, gracias, es agradable.

–Es la pura verdad. Me gustaste inmediatamente, incluso antes de ver tu foto. Y ahora estoy subyugado.

–¿Y cuántos años tienes?

–46.

–¡Anda! ¿Y cómo pasas tanto tiempo en la red, y no con tu familia?

–Bueno, no tengo hijos. Mi mujer está en el trabajo. Y cuando llega, no hablamos mucho. Es una perfecta introvertida.

Así empezó nuestra correspondencia de muchas horas durante varias semanas. Con mi nuevo amigo hablábamos de todo lo que se puede hablar, desde las elecciones presidenciales hasta la cría de peces de acuario. Y, hablásemos de lo que hablásemos, era imposible parar. Sólo el regreso de su mujer o una llamada desde mi trabajo podían destruir aquel pequeño mundo unido por un puente electrónico entre dos países.

–¡Hola!

–Oh, cariño, ¿ya estás despierta? Te estaba esperando.

–Tengo una idea. Llamémonos.

–Vale.

Treinta minutos mirándonos casi a los ojos... sin ninguna decepción por aquel primer encuentro. Fin de la llamada.

–¡Dios mío, Dios mío! Eres cien veces mejor de lo que me imaginaba. ¿Por qué no te habré conocido antes?

–Espera. Puede ser sólo la magia de Internet. Es completamente distinto cuando ves a una persona en la realidad.

–Sí, sería feliz cogiéndote de la mano.

–Quién sabe, tal vez nos encontremos algún día.

–Si no estuviese casado, hoy mismo compraría un billete para ir a verte...

Desde aquel momento, el carácter de la correspondencia cambió, y las conversaciones telefónicas eran diarias.

–Querría que me dieses un hijo.

–No estoy en contra (smiley). Yo, a lo mejor, también tendría un hijo contigo. Pero, espera, ¿qué pasa con tu mujer? ¿A lo mejor todavía te da un hijo? Háblame de ella.

–No, querida. No quiero mezclar nuestra relación con mi vida familiar.

–Espera, ¿por qué? Dices todo el tiempo que tenemos que ser siempre sinceros el uno con el otro. Lo sabes todo de mí. ¿Y tú?

–Es algo muy distinto.

Suena extraño ese «es algo muy distinto». ¿Cómo pudo parecerme que nos entendíamos bien, que estábamos hechos prácticamente el uno para el otro? Desgraciadamente, nos habíamos conocido un poco tarde. Pero, a fin de cuentas, es posible recuperar el tiempo perdido. Y de pronto, un muro. ¡Pues bien, querido! Me he enfadado. Me he desconectado de la red.

De nuevo, el trabajo, la casa, mis amigos. Me invitaron a una cita.

–Oye, ¿puedo pedirte un consejo?

–Claro, querida.

–¿Qué me queda mejor: este vestido o aquel traje?

–¿Adónde vas?

–A tomar café.

–¡Ponte un saco!

–¿Cómo? ¿Qué te pasa? No te entiendo: ¿por qué un saco? ¿Es humor sutil?

–¡Tienes una cita con otro y te atreves a preguntarme qué te queda mejor! ¿Estás en tu sano juicio?

–Espera, ¿estás celoso? ¿Te he entendido bien? Pero ¿por qué? Dijiste que nuestra relación era una cosa y la vida personal, otra.

–Sí, lo dije. Pero ya estaba casado cuando te conocí. Y ahora no lo puedo cambiar.

–Entonces ¿qué quieres de mí?

–Quiero que seas mía. ¡Quiero que en tu vida no haya otro hombre que no sea yo!

–¡Hay que ver! ¿Lo dices en serio?

–Sí, totalmente. Prométemelo.

–Me lo tengo que pensar. Tengo que irme.

–No te vayas. Te necesito.

Y de nuevo varias semanas en la red, sin abrir Skype. Varias semanas con el sentimiento de algo incompleto, pero sin embargo de felicidad, con la sensación de que tienes a tu lado al que te ha enviado el cielo. Algunas semanas de dulce ilusión. Y de pronto, una ocasión excelente: ¡un viaje de trabajo a Berlín! La posibilidad de comprobarlo todo en la realidad.

–¡Hola! Tengo una buena noticia. Dentro de un par de semanas voy a Alemania. Por fin podremos vernos en persona.

–¡Qué bien! No me lo puedo creer. ¿Vendrás a verme?

–¿Adónde?

–A mí ciudad. Iremos a mi café preferido.

–No, perdona, mi estancia es de sólo tres días. Y tú puedes viajar unas horas. Además, para mí es un país extranjero donde no conozco a nadie... ¿Por qué tú no...? Tienes coche. Tardarás mucho menos.

–Ven, ya veremos.

Berlín en otoño. El corazón en un puño. De nuevo, la voz conocida, pero esta vez por teléfono.

–¿Qué tal, querida? ¿Has mirado el billete?

– Patrick, ya te dije que no podría. Por favor, ven tú. Para ti será mucho más fácil.

51

–No. Tengo un perro. ¿Qué voy a hacer con él? ¿Y cómo le digo a mi mujer dónde he estado durante cinco horas? Esto está descartado.

–Qué le vamos a hacer, es una lástima. Tengo tantas ganas de conocerte. Pero mañana por la mañana tengo mi vuelo de regreso.

Si hubiese estado conectada, hubiese puesto el emoticón triste. Pero me lo tuve que probar en mi propia cara.

–Buen viaje. Conéctate en cuanto puedas.

Enorme decepción. Sueños rotos. ¿Para qué todas aquellas frases? «Te necesito», «no te vayas». ¿Cómo me había permitido enamorarme de una imagen virtual? No quiero ser parte de una vida secreta, de una vida corriente, ni todavía menos virtual. No quiero ser la princesa de una realidad virtual. Tengo ganas de llorar. En la cara del emoticón triste ha salido una lágrima. Pero hay que seguir adelante. Superar. Olvidar.

El aeropuerto. Mi casa. Y el primer SMS de Patrick.

«Querida, ¿cómo estás? He estado tan preocupado durante estas dos horas. Te echo de menos. Te espero en la red».

¡Otra vez no! Dependencia. Hay que desengancharse. Ahora sólo queda el correo. Y ni redes sociales ni Skype.

«Llegado bien. Gracias. Me he quedado sin Internet. Te escribo más tarde».

Un día. Aguanto. Una semana. Ya es mucho más fácil. El Che Guevara lo ha suplido todo. Trabajo desde la mañana. Trabajo por la mañana, trabajo por la tarde y a veces veo a los amigos. Los días de fiesta, me largo de la ciudad. Entender. Perdonar. Olvidar.

Conecto Skype e inmediatamente hay un mensaje suyo.

–Te he echado tanto a faltar. ¿Por qué has estado tanto tiempo sin conectarte? He pensado en ti todos los días.

–Yo también te he echado a faltar.

–¿Puedes imaginarte lo que me cuesta disimular mis emociones? Ya sabes que no sé decir mentiras. Harás que tenga un infarto, querida, ¡ya no soy joven!

–¿Qué estás diciendo? En primer lugar, ¿qué va a ser de mí? Y, en segundo lugar, no sabía que esto era tan serio para ti.

–¿Serio? ¡Serio es poco! Creo que estamos hechos el uno para el otro. ¡Tenía tantas ganas de verte! Pero ¿por qué, por qué no viniste a verme? Te necesito tanto...

–Sabes, me asusté. Ir a una ciudad desconocida donde no tengo amigos...

–¿Cómo que no tienes amigos? ¿Y yo?

–¿Y tú? ¿Y qué hay de tu mujer? Si aquel día hubiese vuelto antes del trabajo, ¡sólo Dios sabe qué hubiese podido pasar! Tu mujer, tu padre, el perro, los vecinos. Patrick, me asusté, es verdad. Me gustas mucho y siento que yo también te gusto. Pero no tengo ningún derecho a poner trabas a tu vida de pareja.

–Llámame. Quiero ver tus ojos.

Varias horas de conversación, mirándonos, casi a los ojos. El sentimiento de culpa que me había creado porque no nos habíamos visto. La convicción de que en su vida nunca había existido un sentimiento tan fuerte ni aquella afinidad espiritual. Que todo aquello era de verdad y que sólo Dios nos podía juzgar. Oh, cuántas ganas tenía de creerme aquel cuento delicioso. No podía alejarme. Volvía a estar en sus manos grandes y suaves.

–No te vayas. Recuérdalo, ¡te necesito! No quiero perderte.

Y de nuevo: chateo, conversaciones durante horas, consultas.

–Eres muy agudo...

–Tienes un gran sentido del humor...

–Tienes una sonrisa encantadora y unos ojos bondadosos...

–¡Qué hermosa eres!

–Eres mi pequeño príncipe...

–¿Por qué no nos habremos conocido antes?

–¿Qué haría sin tus consejos? Gracias, me has ayudado mucho...

–Te necesito. No te vayas...

Parece que esto puede durar eternamente. Sólo hay un problema. Todas las noches, después de hablar, él vuelve a su mundo habitual del que no sé nada. Y yo... yo no puedo ni siquiera ir a ver a mis amigos. No puedo ir al teatro ni a un concierto, y todavía menos tener una cita. Si se entera, se enfada, suelta tacos. Creo que sólo una cosa puede salvarme. ¡El deporte, que es la paz!

Y, de nuevo, una casualidad. Me envían a otro viaje de trabajo y esta vez mi equipo puede elegir un país entre tres. Por supuesto, elijo Alemania. Por él. Espero verle. Voy cerca de la ciudad donde vive.

–Patrick, pronto estaré allí de nuevo. Es difícil que pueda estar más cerca que esta vez. Cogeré el avión y, dos horas más tarde, estaré muy cerca de ti.

–¡Fantástico! Querida, estoy tan contento de que vengas. ¿Esta vez no vas a repetir el mismo error? ¿Vendrás a verme?

¿Qué? ¿Otra vez la misma discusión? ¡No puede ser! ¿Tal vez es la diferencia de mentalidades? ¿Vuelvo a estar en las mismas? ¿O ésta es la opción cuando uno de los dos está casado?

–Patrick, no voy a ir a tu ciudad. Si quieres, me quedo un par de días más en Alemania... Pero, por favor, haz tú algo. Ve a verme.

–Escucha, esos días mi mujer y yo estamos invitados a una boda. Y después operan a mi padre. Querida, ven tú, te invitaré a tomar café. ¡Tengo tantas ganas de abrazarte cuanto antes!

–Tengo que irme.

–Espera, no te vayas.

–Buenas noches.

Cerré Skype. Me fui.

Pero ¿a lo mejor vuelvo?

El Punto de Interrogación

En la mesa del Altísimo está el Libro de la Vida. Recoge muchas historias, felices y desgraciadas, románticas e incluso trágicas. Pero lo más importante es que pertenece a personas reales que viven lejos en la Tierra.

El Punto de Interrogación era el principal protagonista de una buena historia. Pasaba de un capítulo a otro, bañándose en los rayos del Sol del amanecer y entregándose a la voluntad del destino.

Un día, alguien abrió sin cuidado el Libro de la Vida, y el Punto de Interrogación entró en una historia ajena. Se levantó al final del primer párrafo y cambió el significado de todo el cuento.

Era una historia triste, llena de lágrimas y tristeza. Pero en un instante el humor en las páginas siguientes cambió, y las acciones de los principales personajes se hicieron más arriesgadas y empezaron a rodearles personas interesantes.

Tras pasearse por las páginas de aquel cuento, el Punto de Interrogación se cansó un poco de las compañías poco sobrias, de los amigos infieles y de la alegría duradera. Sintió tristeza por su historia, por las palabras conocidas junto a las que estaba, por su párrafo preferido y por todos los protagonistas. El Punto de Interrogación decidió salir de viaje para volver a buscarla. Aunque ya no recordaba en qué página ni en qué capítulo estaba. Y se marchó sin sospechar adónde le podía llevar su búsqueda.

Sin embargo, la historia que había abandonado vivía como antes. La aparición del Punto de Interrogación había sido sólo una chispa brillante de un minuto que no pudo cambiar su triste leitmotiv. Los personajes se quedaron un poco tristes sin el Punto de Interrogación. Pero desde la página siguiente los recuerdos sobre él fueron sustituidos por desvelos anteriores a la Navidad.

Al entrar en la página siguiente, el Punto de Interrogación se convirtió inmediatamente en uno de los principales actores, era el alma de todas las compañías, lo llevaban en volandas, le invitaban e incluso se enorgullecían de conocerle. Pero un día se quedó a solas con sus pensamientos y entendió que, a pesar de toda aquella popularidad y del amor de los que le rodeaban, aquélla no era todavía su historia.

El Altísimo entró en el aposento donde en el escritorio estaba el Libro de la Vida. Se enfadó porque un ignorante lo había abierto y, frunciendo el ceño, dio un golpe con la mano en la mesa. El libro saltó y el Punto de Interrogación dio un salto mortal atrás, deteniéndose un instante en cada historia transitoria, pero su aparición en la vida de los personajes era tan insignificante que ninguno de ellos podía reconocerle. Así el Punto de Interogación fue rodando hasta que vio una frase que no tenía un solo signo de puntuación. Ocupó el lugar vacío. Y entonces empezó a reconocer las palabras con las que había estado antes. El Punto de Interrogación se puso contento y ¡de pronto entendió que aquello era la felicidad! Miró a su alrededor y, por la derecha, en la frase siguiente vio una coma encantadora con la que charlaba a menudo. La Coma, captando su mirada, sonrió con coquetería y apartó los ojos. Así empezó su romance que duró a lo largo de seis párrafos hasta que por la ventana abierta entró un fuerte viento.

A su pesar, pasó la página en la que vivían el Punto de Interrogación y su Coma. Y, aunque él se asía firmemente a la hoja de su Punto y Coma, fue trasladado a otra historia.

Allí el principal protagonista era el Punto. Pequeño, de aspecto muy frágil, pero de carácter seguro y fuerte. En su vida todo estaba siempre sumamente claro. Allí donde estaba se terminaba siempre la frase, y después le seguía una mayúscula.

El Punto de Interrogación se erigió en la frase directamente antes del Punto, destruyendo así su vida rítmica. Y desde aquel momento, en su fuero interno se libró una lucha de sentimientos contradictorios: ira, perplejidad, admiración e incluso envidia. ¡Qué lástima que allí cerca no estuviese su fiel compañero de viaje, el Punto de Exclamación!

El Punto dejó que el Punto de Interrogación entrase en su vida y durante mucho tiempo no entendía por qué le seguía con resignación, permitiéndole entrar en las frases en las que se le antojaba. ¡Incluso allí donde antes sólo podía estar el Punto de Exclamación!

El Punto de Interrogación le convenció de que quería introducir variedad en los textos serios, alegrar a los que lo rodeaban con sus formas refinadas. El Punto le escuchó y le creyó de buena gana. Olvidando que muy poco antes era severo y decidido, ahora le seguía de párrafo en párrafo, consintiendo cualquier frase aventurera. ¿Y qué hay del Punto de Interrogación? Parecía feliz, igual de hermoso e irrepetible, y se comportaba como antes. Pero cuando se apagaba la luz en el aposento, se ponía triste recordando su Coma. Le enviaba pequeños saludos mentales, soñaba con ella, reconocía su silueta en el Punto y Coma. Ni qué decir tiene, incluso el Punto le recordaba de algún modo la Coma.

A su vez, el Punto de Interrogación se parecía al Punto de Exclamación. Diferían en muchas cosas: el Punto de Interrogación era alegre y el Punto de Exclamación era serio. A uno le encantaban las grandes frases largas, al otro las frases compuestas por una sola palabra. Ambos signos eran tan distintos, pero al mismo tiempo tenían algo que enloquecía al Punto.

Al amanecer, al punto le esperaban aventuras inverosímiles a las que le llevaba el Punto de Interrogación. Corrían por las páginas cogidos de la mano. Pero en cuanto el Sol se ponía sobre la Tierra, el Punto recordaba el Punto de Exclamación. Se ponía triste a pesar de las estrellas que caían e intentaba explicar lógicamente lo que le había sucedido en los últimos párrafos. ¡Los dos signos sabían que eran muy importantes para el Punto!

Por una parte, temía que de un momento a otro entrase en el aposento el Altísimo, cerrase el libro y el Punto de Interrogación se marchase a su historia. Pero, por otro lado, ¡recordaba que tres signos de puntuación en una frase eran demasiado! Los días volaban, un ligero viento pasaba las páginas, y el Punto de Interrogación y el Punto viajaban juntos de un párrafo a otro. A veces se separaban por un tiempo, pero al final de la página siempre se volvían a encontrar.

El capítulo siguiente llegaba a su fin imperceptiblemente. En el aposento se encendió la luz inesperadamente, crujió la puerta y sobre el Libro de la Vida cayó la sombra poderosa del Altísimo. Pasó cerca de la mesa y cerró la ventana.

El Punto de Interrogación y el Punto se paralizaron esperando la decisión del Altísimo. Éste, mirando el Libro de la Vida, sonrió maliciosamente y miró el cielo estrellado. Unos segundos más tarde, recordó el libro abierto y alzó la mano para cerrarlo. Pero cambió de idea.

El Altísimo salió del aposento y apagó la luz. Quién sabe, a lo mejor al día siguiente estaría de otro humor y tendría ganas de ver un orden ideal en las páginas del Libro de la Vida. Y entonces todos tendrían que someterse.

El tren a Leningrado

-Atención, salida del tren n°24 Moscú–San Petersburgo.

Sentí cómo mi cuerpo se quedaba helado. Era mi tren. Nerviosa, con el billete en la mano, me levanté del banco. Pero no me decidía a dar el primer paso. "¿Hacia dónde doy este paso?" –pensé. Estaba claro que hacia el futuro, pero ¿qué me esperaba en aquella ciudad enorme y totalmente desconocida? ¿Un éxito asombroso o una amarga decepción?

Tras varios segundos de indecisión, volví a desplomarme en el duro asiento de hierro. ¿Qué sentido tenía estar de pie pensando espasmódicamente, agarrándome a cualquier pensamiento como a un salvavidas, si podía estar tranquilamente sentada unos diez minutos y, después de tranquilizarme, tomar una decisión?

No, en realidad, ¿qué perdía? Un par de meses de mi vida en el paro, ¿y qué más? En principio, nada más. En cualquier caso, si las cosas salían mal, ¡me iba corriendo a la estación para volver a casa! Además, ya tenía entre las manos el billete de ida. Sería tonto abandonarlo todo y regresar a casa con la cabeza gacha como un perrito que ha hecho travesuras. Estaba decidido, no había vuelta atrás.

–Atención, quedan diez minutos para la salida del tren nº24 Moscú–San Petersburgo.

No queda tiempo, y tengo que bajar a la consigna a recoger mis cosas.

Corriendo como una bala desde la sala de espera, bajé por la escalera. Por suerte en la consigna no había cola, y unos minutos más tarde arrastraba mi maleta hasta el tren. ¿Cuál era el número de mi vagón? Sí, el 14. ¡No estaba mal! Tenía que caminar hasta la cola del tren. Tenía que darme prisa o, de lo contrario, el tren iba a salir sin mí.

Llegué casi corriendo al final del tren, sin ver nada alrededor. Tras pasar un par de vagones, aminoré el paso. Girando la cabeza hacia el tren, me di cuenta de que en una de las entradas había un jefe de tren, un hombre. Me sorprendió porque nunca había visto a un hombre con el uniforme de jefe de tren, sólo a revisores. Sin dejar de pensar en ello, anduve hacia la cola del tren hasta comprobar ante qué vagón estaba. Al ver el letrero con el número 10, me detuve sorprendida. ¿Qué ocurría? ¡Acababa de pasar el número 13!

Desde la infancia me habían dicho que hay que pensar bien antes de tomar una decisión. En respuesta asentí con la cabeza pero seguí a mi aire. Mis padres me hubiesen dicho lo mismo. Hubiese tenido que mirar desde el principio la numeración de los vagones, ahora era tarde para reñirme a mí misma, para la salida del tren quedaban minutos contados, ¡y yo todavía estaba en el andén buscando mi vagón!

Dos minutos más tarde, llegué al vagón que, por cierto, era el mío y el jefe de tren era aquel hombre que me había sorprendido. Sin poder vencer el pánico, corrí hacia él y le tendí un billete algo arrugado. Me hubiese gustado saber qué impresión le causé en aquel momento. Seguramente se compadeció de mí pensando que era una de esas personas que siempre necesitan ayuda. Sin pedirme el carnet de identidad, el jefe de tren tomó mi maleta y se la llevó al vagón. ¡Esto me sorprendió todavía más!

Abriéndome paso con la maleta entre los asientos, miraba los rostros de los pasajeros esperando encontrar una cara conocida. Pero no vi a ningún conocido. No es que me pusiese muy nerviosa, sólo que me sentí incómoda. Iba a una ciudad desconocida, donde no tenía ni amigos ni parientes ni siquiera conocidos, esto estaba claro. Me habían dicho, eso sí, que podría aclimatarme rápidamente, pero de todos modos estaba asustada.

Me acomodé en mi asiento y enseguida el tren se movió suavemente. Ni siquiera me di cuenta de cómo fue. Miré por la ventana y el andén se alejaba lentamente. Conforme aumenta la velocidad, desaparecen los rostros de quienes han ido a despedir a alguien. Pero mirarles es muy duro. Algunas personas, es cierto, sonríen, pero no son tantas como las que lloran como si no fuesen a volver a ver nunca más a sus parientes.

¡Hay gente para todo! Entiendo muy bien que todo tiene que ver con el carácter sentimental femenino, que obliga a llorar por cualquier experiencia, tanto mala como buena. ¿Pero qué les importa a los demás? Yo, por ejemplo, los miro y también tengo ganas de llorar. Y la vida ya no parece tan sencilla ni tan buena. Incluso los más nimios problemas se convierten en enormes tragedias vitales.

¡Quedan ocho horas! ¿Qué puedo hacer? Miro a los lados para adivinar qué están haciendo mis compañeros de viaje.

Mientras pensaba todo esto, la mayoría de ellos se sumergió en revistas y libros. También algunos decidieron dormir en cuanto el tren se puso en marcha.

Muy bien, pues yo también me pondré a leer probablemente. ¡Qué bien que me he traído un libro! ¡Oh, qué placer, ahora podré leer sin que nadie me distraiga!

Tras abrir el libro, empecé a seguir las aventuras de la protagonista. No recuerdo cómo, pero creo que me quedé dormida. ¡Caramba! No me había pasado nunca: desconecté, sin cerrar el libro. Me desperté porque el sol me daba fuerte en la cara. Era muy extraño, toda la mañana había caído del cielo una nieve fina asquerosa. No era muy molesta, pero mi humor fue decayendo. Pero ahora era tan agradable que incluso sonreía de placer y puse la cara bajo los juguetones rayos de sol. Por algún motivo me sentía tan tranquila que no recordaba lo que tanto me había preocupado desde por la mañana. ¿Y merecía la pena pensar en algo que no producía alegría?

De pronto conectaron la radio y todo el vagón se vio sumido en una melodía agradable. A continuación, oí unos acordes muy conocidos y me puse alerta.

No creo particularmente en los malos presagios, pero a veces me paralizan. Y esto sucede cuando se me pega cualquier canción. Empiezo a interpretar su contenido como un presagio de mi futuro. Y, por muy extraño que parezca, sucede lo de la canción.

Así pues, ¿qué pasa? Presto atención a la melodía: ¿es posible que sea la misma canción?

En realidad, hay una canción muy antigua que me gustaba en mi juventud: "El tren a Leningrado". Han pasado los años y casi la había olvidado por completo. La había vuelto a oír hacía poco por la radio. Al principio no presté atención, pero después, cuando empezaron a ponerla casi todos los días, me sentí muy intranquila porque me la apliqué a mí misma. La situación se agravó porque fue cuando decidí irme a la maravillosa ciudad a orillas del río Nevá. Y la letra es bastante triste: una chica se marcha para siempre porque su amor ha terminado, etc.

"Te marchas sin despedirte..." –se oía por el altavoz. ¡Qué mala suerte! Había que dominarse y pensar en otras cosas.

Miré a mi vecina. Una anciana encantadora, seguramente una leningradense de toda la vida. Siempre que he estado con habitantes de la ciudad de acero del zar Pedro, eran personas muy acogedoras y buenas. Una lástima que en mi ciudad eso fuera tan poco frecuente, sobre todo en los medios de transporte público.

Meditando sobre el carácter humano en particular y sobre la mentalidad rusa en general, me di la vuelta hacia la ventana y me puse a observar el paisaje invernal. Iban desfilando campos anchos, riachuelos sinuosos, boscajes espesos.

¡Claro! En esto residía la naturaleza de nuestra mentalidad: el ruso tiene un alma tan grande como el campo. Una lógica impredecible o, como lo llama Zadórnov, la listeza con la que es posible tropezarse de forma tan repentina e inesperada, como, por ejemplo, en aquel riachuelo que asomaba detrás de un montículo. No se me hubiese ocurrido por nada del mundo buscarla detrás de la colina, pero ella, vean Uds., fluye tranquilamente. ¿Qué mentalidad puede tener el hombre ruso? No es tan moderado y tranquilo como el alemán que se parece a una iglesia de estilo gótico. O amante de la precisión como el sueco. Los rusos son iguales que la naturaleza a su alrededor: abiertos, hospitalarios, en algunas cosas un poco sórdidos, impredecibles, pero no malos, sino sencillamente distintos.

Entonces el tren ralentizó su marcha. Por lo visto nos estábamos acercando a la siguiente estación. Por la ventana vi un cementerio abandonado. Me horroricé. Estaba meditando sobre la gran alma bondadosa rusa y, de pronto, ¡qué espectáculo! Bajo la nieve se adivinaban tumbas abandonadas sobre las que se elevaban cruces torcidas. Esto demostraba que olvidamos muy pronto a los que se han marchado de la vida. Por distintos motivos: uno está sumergido en sus problemas, el otro ha tenido poca relación con sus seres queridos. Hay algo en nosotros que es egoísta, incluso cruel. ¿Cómo podríamos cambiarlo?

Mientras tanto, el tren proseguía su recorrido. Y otra vez surgían ante mis ojos ciudades, pueblos y aldeas. El sol resplandecía primaveral. Y por la radio se oía una música ligera, alegre. Comí algo, leí un poco más y cerré los ojos. Si uno duerme, el tiempo pasa más aprisa.

Cuando me desperté, fuera había oscurecido, y, cuando miré mi reloj, se me escapó decir en voz alta: "¡No está mal!". Por suerte, no lo dije en voz alta y nadie lo oyó. El reloj marcaba las ocho y media y el tren se estaba acercando al destino final de mi viaje. Con los ojos medio abiertos, me incliné a recoger mis cosas. Pronto llegaríamos a la estación, y yo estaba sentada como en el mercado: a la derecha, el libro; a la izquierda, comida y, delante, mi ropa. Tenía que prepararme, de lo contrario me iría con el tren a la vía muerta. Me iba a preparar cuando oí la canción que conocía "Te marchas sin pronunciar palabras de despedida...". Sin saber qué hacer, volví a sentarme en mi asiento. ¿Qué pasaba, habían vuelto a poner el disco? ¡Lo que faltaba!, como suele decirse.

Hay que mirar el miedo a la cara, pensé, y decidí escuchar la canción hasta el final.

Sin embargo, la letra de la canción era contradictoria ¿y cómo interpretarla? Es una chica que se va, el amor se ha terminado, según dice su novio. Y en la estrofa siguiente, canta que no acepta el destino y que volverán a encontrarse. ¿Cómo podía predecir mi futuro con esa canción? Había que elegir un método más seguro de adivinación, por ejemplo, con poso de café. Pero no tomo café; seguramente, bastaría con aficionarme.

Sonreí y me puse a preparar mis cosas. Apenas lo había recogido todo cuando el tren se detuvo, tan suave e imperceptible como había arrancado por la mañana.

En el pasillo entre los asientos ya se agolpaba la gente dirigiéndose a la salida. Decidí no apresurarme. Podía salir la última.

Cuando salí al andén, estaba cayendo una nieve fina. No era nada nuevo, "...En San Petersburgo hoy hay tormenta". Mentalmente volví a oír la canción conocida, cuando de pronto pusieron "El Tren a Leningrado". Cantándola, me dirigí al interior de la estación.

Tenía ganas de saber lo que me esperaba aquí, volvieron mis preocupaciones anteriores.

Entré en el edificio. Gente que despedía a alguien, gente que había venido a esperar a alguien: la vida en la estación seguía su curso habitual, donde nadie se preocupaba por una joven muchacha que había llegado para conquistar la capital del norte.

Con paso decidido caminé hasta el centro de la sala cuando de pronto mi mirada se encontró con la mirada de aquel por quien había dejado mi vida anterior. Los nervios me dejaron sin respiración y me quedé pasmada durante unos segundos. Volví en mí misma al sentir una lágrima cayendo por mi mejilla. Cerré los ojos y en aquel segundo me percaté de que alguien me había abrazado muy fuerte. En mi cabeza se mezclaba todo: las imágenes desde la ventana del tren, el solecito cariñoso, mis sufrimientos...

"...Cierro los ojos y no puedo aceptar el destino. Nos volveremos a encontrar, volverán a encenderse las velas..." – resonaba en mi cabeza la segunda estrofa de la canción. De pronto entendí por qué consideraba que era un signo para mí. Durante todo aquel tiempo no había interpretado aquellas palabras y por ello me sentía incómoda.

Tras abrazarnos, salimos a la calle tan ligeros y felices que teníamos ganas de gritar a toda la ciudad: "¡Hola, San Petersburgo!". Pero murmuré aquellas palabras para que sólo las oyese él, porque eran algo nuestro.

–¿Qué? ¿Has dicho algo?

–No. Vamos... ¡Qué buen tiempo!

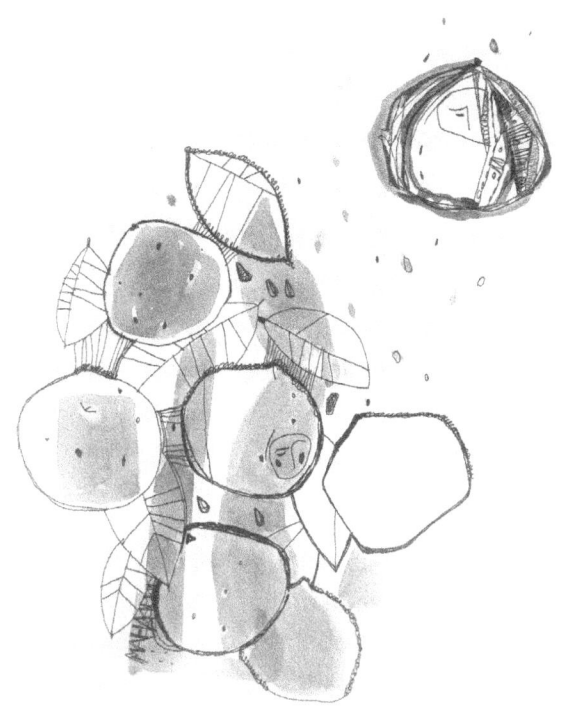

La mandarina con la piel al revés

En un jardín frondoso empezaron a madurar dos frutos en la rama de un mandarino. Crecían tan cerca uno del otro que se hubiese podido pensar que habían crecido por los lados.

Durante las semanas en que empezaron a asomar de unas hermosas flores, las mandarinas se hicieron amigas. Se entendían perfectamente, se alegraban juntas de los cálidos rayos del sol y se ocultaban debajo de las hojas cuando caía una lluvia torrencial. A veces, claro, se enfadaban, pero sus enfados no duraban demasiado, y siempre terminaban con una alegre reconciliación.

Así pasaban los días, y la cosecha empezó a madurar poco a poco.

Una de las mandarinas observó que dentro le habían salido semillas. Cada día sentía todo más claramente en su vientre, sentía que crecían muy aprisa. Un día, la mandarina decidió compartir sus sensaciones con su mejor amiga. Pero resultó que no le sucedía nada parecido.

Desde aquel día, la Mandarina de las semillas empezó a notar cambios en sí misma y en su amiga. No sabía cómo comportarse en aquella situación. Por un lado, seguían siendo tan amigas como siempre mientras tomaban el sol alegremente. Pero, por otro lado, algo había cambiado y parecía que no era una nimiedad.

Un día, la Mandarina que tenía semillas se despertó con una sensación desagradable: todo su cuerpo languidecía con un dolor inhabitual. Miró a ambos lados: su amiga dormía como si nada. Luego se miró y observó horrorizada que colgaba de la rama del revés. Su tierno fruto anaranjado estaba expuesto hacia afuera, y dentro se ocultaba su antigua piel.

Llegó un día cálido y agradable y las mandarinas se reunieron, como solían, para tomar el sol. Pero desde los primeros rayos la mandarina con la piel al revés sintió un dolor insoportable. Su vecina no lo entendió, y sólo sonrió maliciosamente.

Desde que a la Mandarina le ocurrió aquel episodio tan extraordinario, sus sentimientos se agudizaron. Empezó a percibir el mundo exterior de un modo muy distinto. El cálido sol de otoño le quemaba el fruto. Hasta el más ligero soplo de aire parecía desgarrar su cuerpo en pedazos. La lluvia le causaba un dolor insoportable. Pero esto no era lo peor para la Mandarina, sino que su mejor amiga ya no la entendía. Parecía que se había cansado de sus quejas constantes y que había decidido disfrutar de la vida.

Así pasaron los días, y después las semanas. Con el viento la Mandarina se secó y se puso más dura y se cubrió de corteza. La lluvia dejó en la nueva piel pequeñas cicatrices parecidas a poros. Pero el sol sólo la bronceó ligeramente. Así fue como la Mandarina al revés dejó de diferenciarse de sus hermanas. Su antigua amiga volvió a demostrarle interés. Pero entendía que en ella algo había cambiado.

Y esto es lo que había cambiado: durante aquellos largos días de sufrimiento la Mandarina al revés pudo hacerse con una piel nueva, más gruesa. Y la parte que tenía dentro se convirtió en un alma muy fuerte que en mundo de los humanos recibía el nombre de sabiduría. Ahora, a pesar de que ambas mandarinas que colgaban de la rama habían nacido casi el mismo día, la Mandarina con la piel al revés había madurado más, aunque seguía disfrutando plácidamente del sol junto a su amiga.

Un día, sobre las amigas cayó una extraña sombra y, un segundo más tarde, la mano de una persona se les acercó. Las arrancó con cuidado de la rama y las colocó en una gran caja donde ya había mandarinas del mismo árbol. Luego la luz desapareció y al cabo de un tiempo aparecieron en una mesa de gala en un bonito frutero de cristal.

Aquella misma noche, un niño de mejillas sonrosadas se comió de postre justamente aquellas dos mandarinas.

El retoño oculto

Durante muchos meses la oficina del Altísimo estuvo en obras. Por fin, cuando se puso orden y se colocaron los muebles en su sitio, el Altísimo entró en la habitación y decidió cambiar su disposición. Junto a la ventana que daba al Sur, colocó el sillón y el revistero. Allí podía descansar un poco y beberse una taza de café aromático. Colocó el escritorio y la silla junto a la ventana que daba al Oeste para poder contemplar desde la ventana de en frente las bellezas de Oriente. Y sólo la ventana que daba al Norte tuvo que taparse completamente con una gran estantería de libros.

Más o menos a la misma hora, una familia que vivía en el Norte se acababa de trasladar a la nueva casa con la que todos soñaban desde hacía tiempo. Tras el traslado, a la gente le gustó mucho su nueva morada e intentó todo lo posible para hacerla más cómoda y bella. Un día, al atardecer, el marido y su esposa pensaron en lo que todavía les faltaba en la nueva casa. Y entonces decidieron plantar en el patio una planta preciosa que haría su vida feliz y daría alegría a todos a su alrededor.

A principios de la primavera, sembraron en un terreno no preparado semillas, y se pusieron a esperar la aparición de los primeros retoños. Pero las primeras heladas fueron tan fuertes e inesperadas que nadie tuvo tiempo de cubrir las semillas. Cuando llegó el momento, no había crecido nada en aquel lugar. El hombre y la mujer miraban con tristeza la tierra, pero luego se fueron de vacaciones. Sin embargo, no abandonaron su idea de plantar una planta bonita.

El año siguiente esperaron las heladas bien preparados: hicieron un pequeño invernadero y luego plantaron la semilla en un terreno abonado. Todos los días salían de casa esperando ver salir de la tierra un pequeño retoño verde. Un día se produjo el milagro. Cuando la mujer, como solía hacer, salió al parking para regar el suelo, la recibió un pequeño brote verde. El marido y la mujer se alegraron mucho y a partir de entonces se pusieron a observar cómo crecía.

Aquel año la primavera en el Norte fue lluviosa. A causa de los altos índices record de las precipitaciones, los trabajadores agrícolas estaban seriamente preocupados por la futura cosecha. Y sus temores se confirmaron. Muchos campos de la región se inundaron, no pudiéndose salvar ni de lejos todos los brotes. Desgraciadamente, el retoño solitario que se había aclimatado tan bien en el invernadero, también murió. El hombre y la mujer estuvieron tristes mucho tiempo, intentando entender lo que habían hecho mal aquella vez. Pero no se rindieron y decidieron prepararse en serio para la temporada siguiente. Empezaron a estudiar la literatura científica, a pedir consejo a selectores experimentados y a floricultores. Al año siguiente lo sabían prácticamente todo sobre el cultivo de plantas raras.

A escondidas de su marido, la mujer a veces rezaba para que Dios les ayudase con la planta. Pero sus oraciones llegaban sólo a la ventana cerrada del Altísimo que, en dos años, nadie había abierto.

El hombre y la mujer empezaron a abonar el terreno desde el otoño, como les habían aconsejado unos horticultores experimentados. En invierno, sentados a la mesa de la sala confortable, la

gente seleccionó cuidadosamente las semillas más grandes. Pero en primavera, cuando se marchó la nieve y el Sol empezó a calentar con más fuerza, jubilándose sólo unas horas, los propietarios plantaron en el invernadero varias semillas, esperando que por lo menos alguna saldría. Todas las noches cubrían cuidadosamente la tierra, controlaban la humedad del terreno e intentaban suministrar una cantidad suficiente de luz solar. Cuando salieron los primeros retoños, sintieron una alegría ilimitada. Uno tras otro, asomaron de la tierra tres pequeños encantadores.

–Esta vez, todo tiene que salir bien, –pensaban el hombre y la mujer.

Querían compartir su alegría con el mundo entero. Invitaron a sus amigos, les enseñaron los retoños verdes, intercambiaron impresiones con sus conocidos. Y pareció que todos se alegraban por ellos.

Un día, por la mañana, cuando los esposos salieron para observar las semillas, vieron que de la tierra asomaban sólo dos cabecitas de un verde profundo. El tercer retoño yacía sin vida a su lado, con la base rota.

–No pasa nada, –pensaron, –porque nos quedan dos retoños. Qué bien que esta vez plantamos varias semillas a la vez. Y haremos todo lo posible para salvarlas.

Pero una semana más tarde, cuando volvieron del trabajo, los recibió sólo un retoño. El segundo estaba roto de raíz en la tierra tras una ráfaga fuerte de viento. Unos días más tarde, el retoño superviviente empezó a marchitarse y a doblarse. Y nada pudo salvarle por mucho que lo intentaron.

El hombre y la mujer no se lo podían creer porque en la vida todo les había ido bien. Pero ahora ¡no eran capaces de hacer crecer una pequeña planta! Esperando olvidar sus fracasos, colocaron en el patio en el lugar vacío una piscina hinchable, donde todo el verano chapoteaba su hijo. Pero llegó el otoño con sus vientos fríos y húmedos. Los árboles perdieron una gran parte de su follaje exuberante. Desinflaron la piscina y la guardaron en el cobertizo hasta el verano siguiente.

Cada día, al pasar junto a la ventana desde donde se divisaba el terreno, la mujer suspiraba con tristeza. A veces su marido obvervaba en los extremos de sus ojos unas lágrimas petrificadas mientras hojeaba una revista femenina. Pero él no podía hacer nada. Por las noches, cuando su marido se dormía, ella rezaba al Altísimo. Pedía salud para todos sus seres queridos, ayuda para resolver los problemas de trabajo de su marido, bienestar y paciencia para todos. Sin embargo, a veces pedía ayuda para ella: para que creciese la planta oculta, para que le diese la felicidad de observar cómo crecía en su jardín. Pero el Altísimo no escuchaba sus plegarias porque la ventana que daba al Norte estaba cerrada a cal y canto y tapada por un armario.

Así llegó a la Tierra un nuevo invierno. Pasaron las acogedoras fiestas navideñas, sonaron los fuegos artificiales de Noche Vieja. Empezaba un nuevo año. El Altísimo, como siempre, trabajaba en su escritorio. Estaba escribiendo a mano unas observaciones en el Libro de la Vida, con una pluma de oro, cuando alguien le distrajo. Enfurecido, tiró la pluma sobre la mesa y salió de su gabinete. Cuando volvió, estaba muy decidido a terminar su trabajo, pero no encontró su pluma en el lugar habitual. No estaba ni debajo de la mesa, ni junto a la ventana, ni en el revistero. Entonces el Altísimo tomó una linterna y miró debajo del armario, y allí, junto a la pared, brillaba su pluma preferida. Desplazó la estantería a un rincón del aposento y descubrió detrás la ventana condenada.

–¡Caramba! –exclamó, –es curioso: ¿Cuánto tiempo hace que no he abierto la ventana que da al Norte? Seguramente por las demás ventanas no me llegan todas las plegarias de la gente. Hay que corregirlo cuanto antes.

Tras pronunciar estas palabras, el Altísimo abrió la ventana de par en par. Y con el aire fresco y los traviesos copos de nieve entró en el aposento la plegaria de la mujer desesperada que pedía ayuda para que creciese en su jardín una planta maravillosa. El Altísimo reconoció su voz. Se había dirigido a menudo a él, pidiendo no para sí, sino para los demás. Le resultó muy agradable volverla a oír, y sonrió.

El mes de enero estaba en su apogeo. Los días se hacían más largos y las noches más cortas. Pero el invierno no quería ceder posiciones. Inundando las ciudades y los pueblos de nieve, intentaba mantenerse lo más posible en el Norte. Pero a algunos esto les pareció muy oportuno. Por ejemplo, a los niños que, después de las clases, corrían alegres al patio de la escuela para organizar un auténtico combate de nieve. O a un hombre que descubrió unos esquíes. Se entusiasmó tanto que no podía dejarlo, arrastrando a la práctica de aquel deporte a todos sus familiares y amigos. Pero aquella nieve densa era la protección más segura para un retoño oculto que poco tiempo antes había brotado de su semilla, tras permanecer varios años en la tierra ante la casa de una familia que no sospechaba nada.

La perla negra

Hace muchos años, nació en el Mediterráneo una perla negra en una concha parecida a centenares de ellas.

Desde fuera se parecía a todas las demás: era igual de redonda y nacarada y sus formas ideales no sorprendían a nadie.

–Imaginad, –decían las bellezas celosas, –¡las perlas de nuestro collar no tienen nada que envidiarle!

A la perla negra le traía sin cuidado: las malas lenguas no podían truncar su felicidad. Todas las mañanas se bañaba en el mar salado, se mecía en las olas, dorando sus flancos negros al calor del sol. Pero donde fuera que la arrastrasen las olas durante el día, por la tarde regresaba a su casa donde la esperaban su mamá y su papá conchas y su hermana mayor, perla como ella.

En la vida de la pequeña perla negra no había ninguna nube. Cuando se levantaba una tormenta sobre el mar, estaba convencida de que pronto todo terminaría y que volvería a jugar con los peces, a esconderse en los corales y en las olas rítmicas del Mediterráneo.

Pero un día se levantó una tempestad extraordinariamente fuerte. Las olas dispersaron en varias direcciones a los habitantes del mar, derribando sus casas, lanzaron pececillos inofensivos a la guarida de carnívoros de dientes afilados. La familia de la perla se preocupó. ¿Qué pasaría si de pronto las olas salvajes destruían su familia unida?

Llegó el momento de tomar la decisión más importante. Las conchas llamaron a sus hijas, las perlas despreocupadas, y, buscando una vida mejor, se fueron nadando hacia orillas desconocidas.

Unos días más tarde, la familia de la perla llegó a una orilla desconocida. En cuanto se recuperaron y miraron a su alrededor, se percataron de que sólo había conchas, con el mismo aspecto y perlas negras. Se alegraron:

–¡Qué bien! ¡Esto quiere decir que nos acogerán bien y que volveremos a tener muchos amigos!

Desgraciadamente se equivocaban. Aquel mundo no era tan acogedor como su casa. Todos estaban en sus conchas y salían muy pocas veces a buscar comida. Prácticamente no se relacionaban, no conocían siquiera a sus vecinos más cercanos. Llevaban una vida muy recluida. Así era su mundo, que a primera vista parecía feliz.

Y en cuanto a la gente, no difería en nada de los habitantes marinos de aquella región. Externamente parecían acogedores y sonrientes, pero eran personas que sentían poca simpatía por los que tenían a su alrededor. No querían aceptar los más mínimos defectos.

Mientras tanto, la perla creció. Le llegó el momento de ir a la escuela. Al principio se alegró. Pero, como todos los niños, los niños de la escuela eran crueles. A menudo, a sus espaldas la perla oía un despreciativo «negra».

Los que lo decían no sabían cómo era en realidad: buena, cariñosa, siempre dispuesta a ayudar.

Las personas en cuyas vidas acababa de aparecer se volvían sin querer más buenas, más alegres e incluso un poco más felices.

Ayudaba de todo corazón a los que necesitaban ayuda, con palabras o acciones. Si alguien estaba triste o solo, a la perla le bastaba rozarle con la mano. Y entonces todo se arreglaba poco a poco.

En la orilla donde se había instalado la familia de la perla, a un hombre le gustaba pasar sus tardes solitarias. Ya no era joven, empezaba a tener el pelo plateado de canas. Pero tenía los ojos tan alegres y vivos como muchos años atrás, y manos activas y cálidas. Su oficio o, mejor dicho su vocación, era la joyería. Sentía de un modo particular las piedras y los metales preciosos.

Un día, cuando la perla negra regresaba a casa sollozando, la observó y la tomó cariñosamente en brazos. Intuyó que era distinta de las demás. Tenía algo apaciguador, que inspiraba esperanza y calor. El hombre no se lo pensó dos veces, la envolvió en su pequeño pañuelo y se la puso en el bolsillo superior de la americana. Al llegar a casa, la colocó en la mesa y la admiró hasta bien entrada la noche. Por el momento, no sabía qué hacer con aquella belleza.

Así transcurrieron los días, y el hombre pasaba cada velada con la perla negra. Admirándola, recordaba los años pasados y las personas que había perdido tiempo atrás. Hacía también esbozos de nuevas joyas: colgantes, anillos, broches en los que podría engarzar su hallazgo. Pero no le salía nada destacable. Todos sus esbozos no eran suficientemente buenos, y no conseguían realzar su hermosura.

La perla echó a faltar a su familia durante un tiempo, pero por algún motivo con aquella persona estaba bien y tranquila, nunca intentó huir de él. Además, entendía que ninguna otra perla había vivido en la concha de sus padres hasta su muerte. Tarde o temprano, todas eran sacadas del mar para hacer joyas.

Un día, una mujer fue a ver al joyero. Le contó llorando que se le habían roto sus pendientes preferidos que le daban buena suerte. Cuando se los enseñó al joyero, éste se quedó sin respiración. En un pendiente resplandecía una perla negra ideal, casi idéntica a la que tenía sobre la mesa. Y en el otro pendiente había sólo un pequeño trozo de una perla ideal.

El joyero se quedó con los pendientes para arreglarlos, sin saber de dónde iba a sacar una perla semejante para la mujer disgustada. Reprochándose una vez más no haber sabido negarse, el hombre empezó a estrujarse los sesos para arreglar la joya.

En la fecha acordada, la propietaria de los pendientes fue a recoger su encargo, pero el joyero le contestó desolado que no había hecho nada todavía. Afligida, la mujer se fue prometiendo volver lo antes posible.

Así fue a recoger sus pendientes durante varias semanas. Después de una de sus visitas, la mujer se dio cuenta de que le resultaba agradable ir al taller de joyería e intercambiar un par de frases con el joyero.

Mientras tanto, en el alma del joyero se estaba librando una seria batalla. Por una parte, hubiese engarzado su perla sin dudarlo en los pendientes de la clienta. Pero, por otra parte, ¡era especial! Seguía esperando encontrarle una sustituta digna. Así transcurrieron unas semanas más.

El hombre y la mujer empezaron a encontrarse por casualidad en la ciudad, en los lugares más inesperados. Una vez, se vieron en un café. Estaban sentados en mesas contiguas y se daban la espalda. En otra ocasión, el hombre vio en el borde de la carretera un coche con la señal de avería, y se detuvo. ¡Cuál no fue su sorpresa cuando dentro vio a la mujer turbada! Con el tiempo se fueron multiplicando los encuentros.

Por fin, el joyero tomó una decisión y se separó de su tesoro, deseando sinceramente que la mujer tuviese suerte en el futuro llevando aquellos pendientes. Aquella misma noche, engarzó la perla negra en el pendiente roto.

Al encontrarse en un estuche de terciopelo, la perla negra, enmarcada en un metal precioso, miró a los lados y se percató de que no estaba sola. Una perla negra igual que ella la miraba con interés.

Se gustaron desde el primer momento, y comprendieron que a partir de entonces siempre estarían juntas, perdiéndose solamente de vista durante un par de horas, cuando la mujer se pusiese los pendientes con un vestido de noche.

Pero el joyero entendió que en vano había evitado relacionarse con personas agradables, y se sumió en los recuerdos. Ahora se encontraba con la mujer no por casualidad, sino intencionadamente y con gran placer. Y esto les hacía a ambos sumamente felices.

Y, de esta manera, podríamos decir que los cuatro fueron felices durante largo tiempo.

La felicidad

Érase una vez un hombre que deseaba mucho ser feliz. ¡Qué no hacía para que su sueño se realizase…!

Basándose en que los pensamientos eran materiales, casi todos los días se ponía a pensar en su sueño. Imaginaba con todos los pormenores cómo sería su felicidad. Se hizo con un nuevo cuaderno que llenó de la primera página a la última con una única anotación: «Quiero ser feliz». Empapeló todas las paredes de su casa con recortes de periódico y fotos de revistas que simbolizaban una vida feliz. Y, al final, se dirigió al Altísimo rogándole que le diese la felicidad.

Pasaban los años, pero el hombre no hallaba la felicidad en su camino. Mas no tiraba la toalla porque sabía que lo más importante era creer.

Sus súplicas llegaron al Altísimo. Pero Él tampoco estaba cruzado de brazos. Iba a menudo a su Jardín del Paraíso para visitar a sus favoritos. Regaba a la Esperanza, sembraba semillas para la Fortuna, acariciaba la Belleza o hablaba con el Éxito. Todos eran sus criaturas y los amaba por igual. Sin embargo, a menudo tenía que dejar ir a sus discípulos al mundo de los seres humanos para darles alegría. Y creaba nuevos: Fortuna, Suerte, Éxito, Amor, Esperanza y Belleza. A veces el Atísimo se compadecía de aquel pobre hombre que rogaba con tanta insistencia para ser feliz, y le enviaba a uno de los habitantes de su Jardín del Paraíso.

Mientras deseaba ser feliz, el hombre nunca tuvo éxito en sus asuntos. La fortuna no le sonrió. Y si hubiese ansiado otras cosas tanto como la felicidad, hubiese sido rico, célebre e incluso muy influyente muchos años antes. Pero esto le interesaba poco. Esperaba sólo su felicidad. Y conservó siempre la esperanza, que desaparecía durante un tiempo y después volvía. Seguía rezando, rezaba al Altísimo para que le enviase la felicidad tan querida y deseada.

La felicidad era el habitante preferido del Altísimo en su Jardín del Paraíso. Cuando entraba en el Jardín todos los días, se detenía un buen rato en la casita de la Felicidad. Le acariciaba su piel sedosa, la alimentaba con un suave néctar de lirios aromáticos, le cantaba canciones, llevaba siempre fruslerías agradables a la casa de la Felicidad. ¿Es necesario decir que el Altísimo enviaba muy pocas veces la Felicidad al mundo de los humanos, y en tal caso sólo a los elegidos?

Una vez llegó aquel día. Cuando las plegarias del hombre se volvieron sinceras y se repitieron a diario, el Altísimo decidió recompensar a aquel mortal y le envío a su discípula más querida.

Al regresar de su trabajo, el hombre, cansado y hambriento, vio de pronto su Felicidad. No le hubiese costado reconocerla entre la muchedumbre porque para él era deseada, próxima y querida. La Felicidad más maravillosa del mundo. Sin pensárselo mucho, dejándose guiar sólo por el instinto, el mortal la agarró y se la metió de prisa en el bolsillo para que nadie la pudiese tocar. Se fue corriendo a casa. Se quitó el abrigo. Se sacó la Felicidad del bolsillo.

La puso en la mesa. Y empezó a admirarla. El hombre ni siquiera recordó que tenía un hambre de mil demonios y que no había pegado ojo en cuarenta y ocho horas. Estuvo sentado, mirando a su Felicidad hasta bien entrada la noche.

Por la mañana, se despertó y se sintió el hombre más feliz de la Tierra. Quería gritar su felicidad a cada paso. Sin pensárselo mucho tiempo, el mortal tomó la Felicidad bajo el brazo y salió corriendo a la calle. Alabándola ante cada persona con la que se cruzaba, se fue a ver a sus amigos para presentarles su Felicidad. Luego visitó a todos sus parientes. Éstos no pudieron dejar de alegrarse por él. El asunto llegó a oídos de sus conocidos, luego de sus colegas de trabajo e incluso de sus vecinos. Ahora todos sabían cuán feliz era el hombre que había sabido esperar.

Todos los días, al volver a casa, el hombre contemplaba su Felicidad. Pero con el tiempo empezó a percatarse de que su piel se había ajado un poco, sus ojos estaban más tristes y sus mejillas más hundidas. El hombre, algo preocupado, siguió paseando por la ciudad, alegrándose de su suerte, pero la Felicidad, mientras tanto, estaba cada vez peor.

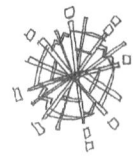

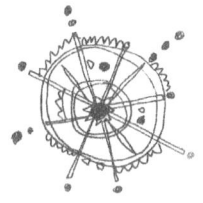

El Altísimo, que observaba desde el cielo lo que ocurría, se llevó las manos a la cabeza y empezó a enviar cada día al mortal todas las señales posibles para que empezase de una vez a preocuparse por la Felicidad. Le empujaba a una librería, o a una tienda de comestibles en el momento preciso. Un día, incluso tuvo que regar la calle con una lluvia helada para que el hombre tuviese que cruzar el parque y le diese un poco de aire fresco a la pobre criatura. Pero, desgraciadamente, el mortal no entendió sus señales. La felicidad le hizo perder la cabeza, y ni siquiera se le ocurrió que debía hacer algo por la Felicidad.

Por fin, llegó el día en que la Felicidad abandonó al hombre. Por la mañana, descubrió su cuerpo sin respiración en un rincón de la habitación. Un cuerpecito delgado con huesos que sobresalían, una piel descolorida, lágrimas heladas en las esquinas de los ojos: aquella criatura difícilmente podía recibir el nombre de Felicidad.

Su pequeña alma se dirigía al cielo, donde la esperaba impaciente el Altísimo. Tomándola en brazos, la llevó al Jardín del Paraíso. La instaló en una casita confortable. Le dio agua pura del manantial y un néctar aromático. Mientras la Felicidad iba recobrando fuerzas y vida, estuvo todo el tiempo sentado a su lado meditando.

Pensaba que los seres humanos le habían vuelto a traicionar. Una vez más, la Felicidad había sido maltratada por mortales egoístas. ¿Cuándo aprenderían a valorarla, en lugar de perder su valiosísimo tiempo?

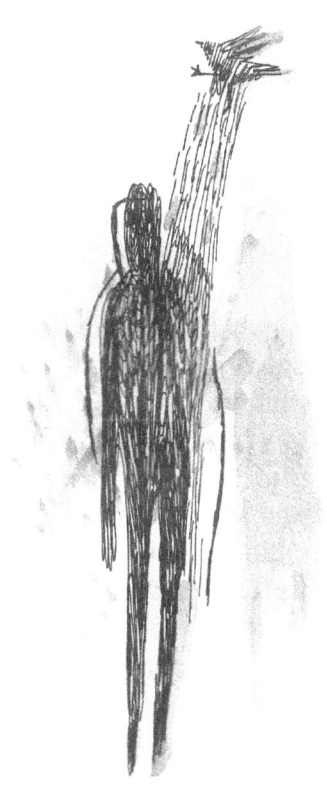

Dos y la sombra

En un día bochornoso de verano, cuando el Sol estaba aún en su punto más alto, una pareja andaba por la calle cogidos de la mano. Charlaban alegremente, se reían de tonterías y disfrutaban de su mutua compañía.

Él la miraba, a sus ojos y se estremecía. Ella se atrevía a mirarle sólo a hurtadillas, y cuando sus miradas se encontraban, bajaba tímidamente los ojos. Estaban bien juntos. Eran muy jóvenes, felices y pensaban que así sería siempre.

Paseaban por la ciudad, entrando en pequeñas tiendas y cafés, deteniéndose ante los escaparates de las tiendas y admirando la arquitectura austera de la ciudad. No vieron cómo la calle ancha se estrechaba poco a poco, torcía hacia la izquierda y los llevaba al malecón. Los relojes marcaban las dos de la tarde, y el Sol proseguía su itinerario cotidiano inmutable.

Ella miró por casualidad hacia atrás y observó que les seguía una extraña sombra amorfa. Una mancha negra sin un contorno definido que no les pertenecía ni a ella ni a él.

Así caminaron por el malecón, sin pensar en la existencia de la sombra solitaria. Así caminaban por el malecón, sin pensar en la existencia de la sombra solitaria.

Pero al cabo de unos minutos les ocurrió algo extraño. Ella se dio cuenta de que él le apretaba la mano no tan fuerte y que sus ojos no brillaban como antes. La conversación se había vuelto seca y formal. Involuntariamente se dio la vuelta y, con asombro, descubrió que la extraña sombra no había desaparecido. Al contrario, les seguía firmemente, cobrando rasgos cada vez más nítidos.

Ella intentó atraer su atención con todas sus fuerzas, pero, él, escuchándola a medias, empezó a mirar a ambos lados y se quedó ensimismado.

Mientras tanto, la sombra ajena se había enderezado y empezó a seguirles, acercándose cada vez más. Ya no era una mancha sin forma, sino una silueta delgada, más ligera y móvil que la sombra de ella.

La muchacha estaba desesperada, sin saber qué hacer. ¿Cómo luchar con lo que no tiene un envoltorio corporal? Pero todos sus intentos de hablar con él fueron en vano. Sin darse cuenta, se habían soltado de la mano. En lugar de volver a tomarla de la mano, él apretaba su teléfono móvil como si fuese un salvavidas. Ella no tenía otra solución que seguirle, esperando que volviese en sí y que volviesen a caminar juntos, cogidos fuertemente de la mano.

Ella se paró un momento para sacarse una piedrecilla que se le había metido en el zapato, pero él no la esperó, siguió adelante, absorto en sus pensamientos, sin darse la vuelta. Allí vio una imagen muy extraña: él caminaba adelante, completamente solo. Le seguía su larga sombra, y junto a ella iba la sombra ajena que le tendía a él la mano.

En aquel momento sintió un dolor insoportable en el pecho. Su corazón se partía en pedazos y por sus mejillas caían lágrimas traidoras. Entonces decidió que fuese así. Que siguiese andando solo si era lo que quería, sobre todo porque todos sus intentos no daban resultado. Se dio la vuelta, se acercó a la balaustrada y se puso a mirar su reflejo en el agua. Grandes lágrimas le corrían de los ojos. Decidió mirarle por última vez.

Levantó la cabeza y descubrió que él iba solo y que se había detenido indeciso antes de una curva. ¿Qué esperaba? ¿Acaso la estaba esperando? Sin pensarlo mucho, se secó las lágrimas con la palma de la mano y corrió hacia él.

Pero él se mostró frío aunque le permitió ir a su lado. Volvieron a hablar de tonterías: música, cine, el tiempo.

Sin embargo, la sombra ajena no cedía posiciones, le seguía, cogiendo la sombra de él de la mano. De vez en cuando, apoyaba la cabeza sobre su hombro o lo abrazaba.

Pero ella intentaba no mirar hacia atrás. Estaba bien con él, simplemente porque era él. Tanto si iban cogidos de la mano como si la miraba como antes o de otro modo. Seguramente sabía una cosa: ella le miraba como antes, con emoción, ternura y amor. ¿Y la sombra? ¡Que fuese a su lado!

Así fueron andando a lo largo del malecón y al final torcieron hacia una pequeña plaza. Tres largas sombras les seguían.

En la plaza los dos se sentaron en un banco.

De pronto, todo el cielo se cubrió de nubarrones pesados, y se levantó a soplar un fuerte viento. Nadie se esperaba aquel brusco cambio de tiempo porque los meteorólogos habían anunciado un tiempo cálido y soleado durante toda la semana e incluso después. Pero, a pesar de todos los pronósticos, el Sol se ocultó tras las nubes y una lluvia tímida empezó a caer.

Buscando a la fugitiva miró a ambos lados y observó con alegría que no quedaba ni una sombra en la tierra. La lluvia se hizo más intensa y, para evitar el aguacero y no quedarse calados hasta los huesos, decidieron correr hasta el café más próximo.

Mientras cruzaban la plaza, una lluvia veraniega se llevaba todas sus preocupaciones, enfados y penas. Al mismo tiempo, cada uno recordaba que tiempo atrás les había pillado una lluvia torrencial. Pero entonces se habían regocijado como niños.

De pronto, se detuvieron al mismo tiempo, se giraron dándose la cara y se miraron a los ojos. Luego él la tomó tímidamente de la mano. Sus ojos estaban tristes. Ya nadie podía decir si estaba llorando o si eran sólo gotas de lluvia. Pero no cabe duda de que en su rostro la lluvia insípida apenas había tenido tiempo de diluir las lágrimas saladas.

Se abrazaron fuerte. No les asustaba ni la lluvia helada, ni el fuerte viento ni siquiera el fulgor de los relámpagos. Volvían a estar bien juntos.

No se dieron cuenta de que ya no llovía y que había despejado. Fue el beso más largo y apasionado. Detrás de los nubarrones salió el Sol alegre y el arcoíris inundó la plaza.

Él y ella, calados hasta los huesos, se dirigieron desde la plaza a su café preferido.

Y me preguntarán: "¿Qué pasó con la sombra?"

Después de la lluvia nadie la volvió a ver. Además ¿dónde hubiese podido meterse? La sombra de él y la de ella seguían a sus amos, cogidos fuerte de la mano.

Lluvia salvadora

Al Altísimo se le había acumulado mucho trabajo. Y, aunque todos los días oía las plegarias de la gente e intentaba ayudarles con todas sus fuerzas, llegaban las peticiones y se acumulaban en el cajón de su escritorio.

Un día, decidió tomarse un respiro, no pensar demasiado minuciosamente sobre los problemas de cada persona y eliminarlos todos de golpe. De paso, pensó hacer un experimento: la gente viviría mejor si todas sus peticiones y plegarias fuesen satisfechas de pronto. Para este tema tan difícil eligió un agradable día de verano y una sola ciudad.

A mediados de verano, en plena semana, cuando el día de trabajo estaba a punto de finalizar y la gente, ya cansada, estaba con su mente lejos de sus asuntos laborales, unos nubarrones empezaron a moverse hacia la ciudad a toda velocidad. La rodearon por todos lados, se tragaron al sol y desde el golfo empezó a soplar un fuerte viento.

Los habitantes de la ciudad estaban sinceramente sorprendidos, porque los hombres del tiempo habían pronosticado un tiempo caluroso y sin viento, y sin lluvia hasta por lo menos el fin de semana. Al ver un fenómeno tan inesperado, muchos pensaron seriamente si merecía la pena salir del trabajo. ¿No era mejor esperar un poco? Porque estaba claro que llovería, y, como mostraba la costumbre, esas lluvias se terminaban bastante pronto. En un instante, todos los habitantes de la ciudad pensaron al mismo tiempo si salían. Y, después de un segundo, cada uno tomó su decisión.

A las doce en punto todo el cielo se cubrió de un nubarrón negro amenazador y, un minuto más tarde, cayó sobre la ciudad un aguacero.

A las siete de la tarde salió una chica del metro. Sus ojos eran tristes, sus pensamientos estaban muy lejos de allí. Parecía que no se había dado cuenta de que estaban lloviendo chuzos. Pensaba sólo en su amado que unos días antes le había confesado que había dejado de quererla y que quería tener una relación con otra mujer. Una noticia así no le cabía en la cabeza porque en los nueve años que habían estado juntos, ella no podía imaginar que pudieran separarse un solo día. Pero ahora su vida había cambiado radicalmente y la tierra firme parecía hundirse bajo sus pies. Caminaba pensando cómo iba a vivir sin él y qué haría con el vacío que se había anidado en su corazón. Estaba volviendo a casa, a su piso vacío, mientras unas grandes gotas de lluvia lavaban las lágrimas de dolor de sus ojos.

–¡Ojalá la lluvia pudiese borrar de mi alma este peso y dolor! –pensó.

En aquel momento, salió un joven del supermercado, que había comprado para cenar varios paquetes de fideos semipreparados, listos para comer. ¡ Qué enfadado estaba consigo mismo en aquel momento por no haber comprado un paraguas! Hacía tiempo que quería hacerlo porque pronto llegaría el otoño, pero cada día lo aplazaba a pesar de que no tenía una ocupación particuar. Estaba totalmente solo en la ciudad: no tenía ni familia, ni amigos cercanos, ni pareja. Todo esto le entristecía mucho, sobre todo en los últimos tiempos cuando, al pasar cerca del parque, veía a parejas felices, que paseaban con niños, o parejas de jóvenes enamorados, abrazados cariñosamente en los bancos. Seguía soñando con la simple felicidad humana, una casa confortable, una cena sabrosa y risas infantiles llenas de vida. Pero a pesar de sus esfuerzos por crear una familia nueva, en aquella ciudad no lograba nada. Sólo le quedaba entregarse al trabajo a su fiel amiga la guitarra, que le esperaba todas las noches en su casa.

–¡Ojalá este fuerte viento del golfo cambiase totalmente mi vida! –susurró en voz baja para sí mismo

En las afueras de aquella misma ciudad salió de la librería un hombre de mediana edad. Esperaba llegar a su coche en pocos segundos y que aquel aguacero no le calara hasta los huesos. Los pensamientos se sucedían unos a otros pero todos giraban en torno a un solo tema: cómo aumentar los beneficios de la librería. Pero en cuanto cayeron las primeras gotas sobre su rostro, el hombre se detuvo y recordó cuánto le gustaba de niño correr bajo la lluvia. Entonces, en aquellos tiempos remotos, nada le preocupaba.

–Dios mío, –suspiró, –ahora lo daría todo por volver a la infancia y a aquellas horas despreocupadas. Querría correr bajo la lluvia torrencial como entonces, y mojarme hasta los huesos.

Al mismo tiempo, en el centro de la ciudad, en un gran edificio de oficinas, en el segundo piso una chica joven se estaba preparando para volver a su casa. Su jornada de trabajo no había sido fácil y había tenido que trabajar hasta más tarde. Al final, lo bueno de todo se podría decir que era que tenía a su lado a la persona que quería. Se habían conocido un año antes, exactamente el día siguiente de que ella empezase su trabajo. Se enamoró de él a primera vista. Sólo mucho después se enteró de que estaba casado y tenía un hijo. A pesar de todo esto, ella hizo un intento, y, ¡oh, milagro! él le correspondió! Pero no se había separado de su mujer, y quería a su pequeño más que a su propia vida. Y en su trabajo tenían que ocultar su relación, escondiéndose trás las pantallas de los ordenadores.

Cogiendo su bolso, miró a su amado por última vez en este día y se dirigió al ascensor, pensando con tristeza que en su casa sólo la esperaba su gato.

La chica salió a la calle, abrió su paraguas y fue hacia el metro.

– Por favor, Señor, Señor, rezaba, –haz que mi amado deje a su familia y que, por fin seamos feliz!

En seguida después del trabajo, a las siete y veinte, el joven se sentó en su coche, salió del aparcamiento subterráneo y, emprendiendo muchos atascos de tráfico, se dirigió a una reunión de negocios. Esperaba vender aquel día su coche con un defecto desagradable a un jubilado confiado. Durante toda la semana, lo preparó para venderlo: lavó la cabina, quitó los defectos pequeños e incluso limpió todos los ceniceros. En general, hizo todo lo posible para venderlo más caro a su viejo amigo.

En medio de la lluvia, el joven estaba en un atasco en el centro de la ciudad, y tenía un retraso de diez minutos. Y, para colmo de la mala suerte, se había dejado el móvil en el trabajo, junto al fax.

–Dios mío, si existes, –dijo el joven enojado, –haz que el viejo me espere , y que yo le pueda venderle este trasto!

Mientras tanto, la lluvia había empezado a terminar poco a poco, y ya, después de diez minutos, no se podía percibir que había caído en la ciudad. Los nubarrones se fueron dispersando en distintas direcciones, asomó el sol y sobre el golfo salió el arcoíris.

La chica triste, calada hasta los huesos, vio el arcoíris y se detuvo para fotografiarlo con la cámara de su teléfono móvil. Mientras rebuscaba en su bolso, el joven de los fideos precocinados se puso a su altura. A juzgar por su aspecto, en aquel momento los fideos eran lo único seco que llevaba.

Se miraron y sonrieron. Los dos parecían gatitos mojados. En aquel momento, cada uno sintió que nada les preocupaba. Aquel aguacero inesperado había lavado todas las penas y se las había llevado a las aguas residuales.

El hombre de mediana edad también se había mojado hasta los huesos. Cuando se acercó al coche y desactivó la alarma, las puertas no se abrieron. El habría querido volver a la tienda, pero luego cambió de idea, porque para él, que las puertas del coche no se abrieran, fue una señal. Por ello, sin sentir vergüenza ante los peatones, se quitó los zapatos, hizo un saludo militar, los puso debajo del porche de su librería y contento por la lluvia, chapoteó entre los charcos, como cuando era niño. Cuando la lluvia acabó, su rostro resplandecía de alegría. No recordaba la última vez que se había sentido tan despreocupado, libre y

Mientras tanto, la joven muchacha enamorada del hombre casado llegó al metro, cerró el paraguas y entró en el vestíbulo. Se sentó en los asientos del vagón y buscó esperanzada su teléfono móvil. Pero su pantalla estaba totalmente vacía: ni una llamada perdida ni un SMS. Su amado había llegado mientras tanto a su casa y estaba pensando cómo podía ahora superar esta situación.

El joven que quería vender su coche se apresuró pero llegó al destino con veinte minutos de retraso. Y, para su enorme decepción, no vio a los compradores potenciales. El maldijo al desdichado aguacero, se metió en el coche y se fue a su casa.

Al mismo tiempo Dios estuvo analizando las plegarias de la gente y observaba si había conseguido satisfacer todos los deseos de los ciudadanos.

Desgraciadamente, quedaban muchas peticiones, pero aquel aguacero pudo también ayudar a mucha gente. Quien había sido atrapado por la lluvia y se mojó hasta los huesos, finalmente arregló sus problemas y se dirigió hacia un futuro feliz. Y a quien las plegarias no eran sinceras o podían causar dolor y sufrimiento a otras personas, permanecieron insatisfechas. Entonces el Altísimo reunió estas últimas y las puso en el rincón más alejado del cajón del escritorio. Quizás en algún momento, Dios volverá a considerar estos deseos pero es posible que entonces los interesados ya no van a querer verlas realizadas... O, tal vez, después de un tiempo, ni siquiera sus peticiones podrán hacer sufrir a otras personas.

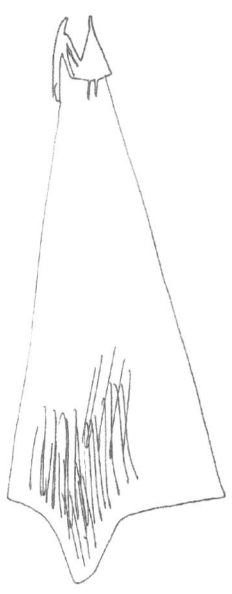

El tango argentino

Cuando terminó la universidad, Marina quiso viajar a Europa, al precio que fuese. Descansar, practicar sus conocimientos de lenguas extranjeras y averiguar lo que quería hacer después de la carrera.

El primer punto de su destino fue, por supuesto, Berlín. Después, Praga, Viena, Roma y varias ciudades por las que sentía afecto. Pero quiso terminar su viaje pasando una semana de sol en España, a orillas del Mediterráneo.

Cuando se hospedó en un pequeño hotel, no sospechaba lo que le iba a suceder aquella noche. Al regresar de la playa, se sentó en el vestíbulo y pidió su cóctel preferido. Le llevó su consumición un joven llamado Fernando. Trabajaba allí desde hacía tan sólo unas semanas y se ocupaba de todo lo referente a la acogida de los huéspedes. Aquella noche estaba en el bar sustituyendo a un colega. Cuando Marina le vio, le gustó. Un chico moreno, alegre, con pelo negro brillante y bondadosos ojos ardientes. Poseía algo atractivo. En cuanto empezó a hablar con ella, a Marina se le puso la piel de gallina.

–Buenas tardes, señorita, –le dijo, y volvió al mostrador.

Marina no le quitaba los ojos de encima. Iba al bar hábilmente con la vajilla, servía las bebidas en las copas, charlaba con los huéspedes. Tenía tiempo de hacerlo todo y de vez en cuando miraba a Marina, sin dejar de sonreírle.

Acabó su turno unas horas más tarde. Marina, que había estado sentada todo el tiempo en el vestíbulo, se sintió de pronto increíblemente cansada y se fue a su habitación. Pero por el camino se encontró a Fernando.

–Sabes, nos está prohibido estar con los huéspedes en la parte de las habitaciones. Puedo perder mi empleo, –le dijo con una sonrisa maliciosa, –pero estoy dispuesto a arriesgarme. ¿Cómo te llamas? –le preguntó cogiéndola de la mano.

Así empezó su breve pero apasionado romance. Cuando acabó su turno, se fueron a la playa donde estuvieron hasta el amanecer. Un día fueron incluso a Barcelona. Pero no supieron muchas cosas el uno del otro, tampoco era necesario. Los romances veraniegos son muy apasionados, pero se terminan muy pronto. Estaban muy bien juntos. Les costaba entenderse. Marina no sabía español y Fernando no hablaba muy bien inglés. Lo que Marina supo de Nando en aquel breve tiempo fue que tenía dos años menos que ella y que había llegado de Argentina poco tiempo antes para trabajar. Ella tampoco habló mucho de sí misma, que era rusa, que había terminado la universidad, que le gustaban la música y la nieve. Pero sus roces decían mucho más. Que no sólo estaban bien juntos, sino que se completaban armoniosamente y que así tenía que ser.

Una semana más tarde se terminaron las vacaciones; Marina regresó feliz a casa. Quería ir olvidando la pasión que la había incendiado en la arena caliente, pero de pronto se enteró algo inesperado. Debajo de su corazón llevaba un pequeño ser, un niño, de su querido Nando. Pero era inútil buscarle porque, al separarse, no se habían dado ni las direcciones ni los teléfonos. Ni siquiera sabían su apellido respectivo. Marina tampoco veía sentido en buscarle. Un romance de verano, era poco probable que aquel tío se alegrase con la noticia.

Marina decidió tener el niño, aunque tuviese que criarlo sola. Su hijo era el fruto de un amor de verdad, apasionado y fuerte. Y si el niño salía con los ojos de Fernando sería lo mismo que tenerle a su lado.

En primavera Marina dio a luz un niño. Un muñeco moreno de ojos marrones con una sonrisa encantadora y pelo castaño claro, pero ondulado, como su papá. Nando volvió a estar con ella. Amaba con locura a su pequeño, y nunca lamentó lo que había sucedido.

Unos años más tarde, Marina se fue de casa de sus padres que la habían ayudado con el niño, encontró un buen empleo en una ciudad importante y conoció a una persona que se convirtió en un marido fiel y un buen padre para su hijo. En aquella ciudad vivieron un par de años, pero después a Marina le propusieron un buen trabajo en Berlín. Y se trasladaron a Alemania. Marina hablaba bien alemán y en Rusia trabajaba en una empresa alemana. Su marido tenía su propio negocio, con muchos socios alemanes. Por ello, no se pensaron mucho la propuesta. Un año más tarde, el niño entró en primer curso de una escuela pública en la Frankfurter Allee. Una familia como todas. Vivían bien y en armonía. Un año más tarde, tuvieron una niña encantadora, una pequeña copia de su mamá, pero con el carácter obstinado del padre. Pero pronto a la familia de Marina le sucedió una gran desgracia. El marido, al regresar a casa tras una reunión de negocios, sufrió un accidente grave en la autopista. Sin volver en sí, falleció in situ. Nadie sobrevivió al accidente. Se decretó incluso duelo nacional.

Marina estaba como un alma en pena, prácticamente sola, en un país extranjero. Pero no tenía adónde ir. Su trabajo, sus hijos, los negocios inacabados de su marido... Por ello, decidió quedarse y continuar con la empresa de su marido, aunque no entendiese gran cosa del tema. Sus amigos le aconsejaron hacer algo con lo que soñaba desde hacía unos años: aprender español. Esperaba poder desconectar de sus tristes pensamientos. Y le sería útil porque en los negocios saber otro idioma no estaría de más.

Con el tiempo, la vida volvió a su cauce habitual. Las clases de español eran muy gratificantes. Conoció a gente y empezó a sonreír cada vez más. Sólo sus ojos estaban tristes como antes. Un día, una amiga le dijo:

–Escucha, ya que estás estudiando español, vayamos a una master class de tango. ¡Será divertido, te lo aseguro! Además, practicar español no te irá mal.

Así fueron a parar a la escuela de un célebre profesor de tango, Gonzalo Colmenares. Cuando Marina le vio por primera vez, su corazón empezó a latir más aprisa. Irradiaba una energía especial. Tenía una mirada tan profunda. Una sonrisa casi imperceptible. De pronto, recordó a su Nando. Hacía mucho tiempo que no había soñado con él. Pero de pronto su imagen se le apareció.

Gonzalo le tendió la mano, la tomó por la cintura, y se sumieron en el ritmo de un tango argentino, donde las palabras no tenían ningún papel. Donde los roces eran más sinceros que cualquier declaración.

Después de una de las clases, Marina invitó a Gonzalo a tomar una copa y estuvieron charlando hasta bien entrada la noche. Se miraban todo el tiempo a los ojos, sin poder creerse que no se habían visto nunca porque les parecía que se conocían, como mínimo, desde hacía cien años. Son cosas que pasan. Charlando, se dieron cuenta de que tenían mucho en común. En primer lugar, habían nacido el mismo día. En segundo lugar, los dos habían perdido recientemente a un ser querido. La madre de Gonzalo había fallecido tras una grave enfermedad. Estaba más próximo a su madre que a los demás miembros de la familia. Juntos estaban bien y tranquilos. Podían pasarse horas charlando de cualquier tontería, hablando de política o, simplemente, riéndose de cualquier chiste. Gonzalo tenía un sentido del humor extraordinario.

En la siguiente clase, cuando Gonzalo tomó de la mano a Marina y la condujo a bailar, ella volvió a recordar a Nando. Una vez, mucho tiempo atrás, Nando la había apretado contra su pecho y ella se había fundido en sus abrazos. ¿Dónde estaría ahora, qué estaría haciendo, qué habría sido de él?

Las clases en la escuela de tango eran interesantes. Iban personas agradables y vitales. Pero para Marina no eran más que un hobby.

En otoño, Gonzalo se marchó de gira. Marina se fue con sus hijos de vacaciones. Y cuando regresó, no volvió a la escuela. Se vieron varias veces para tomar una copa o cenar juntos en un restaurante, pero luego sus caminos se separaron aunque siguieron siendo buenos amigos.

Tras el fallecimiento de su marido, las cosas no iban muy bien en la empresa, a pesar de los grandes esfuerzos de Marina. Y los últimos años fueron mal. La crisis en Europa influyó, y Marina tuvo que tomar un nuevo rumbo. Justamente entonces se le presentó la oportunidad de regresar a su país durante un tiempo, incorporarse en un nuevo negocio, tejer nuevos contactos. O de empezar a hacer algo distinto.

En una de las ferias donde ayudaba a una delegación extranjera a entender unos folletos publicitarios, se le acercó un hombre muy apuesto y le pidió ayuda en inglés, pero con acento español. Marina sonrió y le contestó que hablaba bien español y que le ayudaría encantada.

El Sr.Alonso había llegado a Rusia desde Argentina como turista, y fue a aquella feria por casualidad. Marina le ayudó a no perderse, y él, en señal de agradecimiento, la invitó a cenar. Mientras tomaban una copa de vino tinto, le reveló un pequeño secreto. Algo que la vinculaba con Argentina. Y no sólo porque le gustaba la lengua española, unos años antes había seguido clases de tango. Lo cierto es que para Marina toda su vida en Berlín era casi como una vida anterior.

Y además, ¿cuántas vidas había tenido tiempo de vivir aquella mujer espléndida, segura, pero sin embargo frágil y afectuosa? Cuando conoció al Sr. Alonso, estaba criando a sus hijos. Su corazón conservaba la cicatriz de la pérdida de su marido. Y además, mucho tiempo atrás, había perdido a un ser querido, cuya memoria tenía ahora ante sus ojos. Ahora su hijo era un muchacho mayor con unos ardientes ojos marrones, era muy temperamental y atractivo, igual que había sido su padre. Su hija era muy afectuosa y soñadora, como la Marina de años atrás, pero con el carácter fuerte de su padre.

–Marina, me gustaría tanto conocerla más, –le dijo de pronto Alonso al final de la velada.

Marina no estaba en contra porque aquel señor le agradaba. En su compañía se sentía protegida y, por muy raro que pueda parecer, una niña pequeña. Un sentimiento que no había experimentado durante muchos años, desde el día de la muerte de su padre. Alonso era una persona muy inteligente, sabia, sensata y de trato agradable.

Unos días más tarde, se volvieron a ver y durante casi toda la velada Alonso le contó su vida a Marina. Ella no quiso interrumpirle. Aquel hombre no tan joven le contó que su amada esposa había fallecido unos años antes, que le había dado tres hijos y que no se había separado de ella desde su boda en Buenos Aires hasta sus últimos días en su enorme casa de Córdoba. Tras su muerte, se quedó muy solo porque los hijos ya se habían marchado de casa, esfumándose por el mundo. La hija se había ido a la capital donde tenía su propia familia, los queridos nietos de Alonso. El hijo mayor era un célebre profesor de tango y ahora vivía con su familia en Suiza. Era su mayor orgullo, aunque él se llevaba mejor con su madre. Pero el hijo menor siempre le había dado problemas a Alonso. Durante la adolescencia se fue de casa y primero se fue a vivir a Italia con unos parientes de su mujer, luego empezó a dar vueltas por toda Europa y, más tarde, por todo el mundo. No permanecía mucho tiempo en un lugar. Las mujeres más hermosas le querían, pero ninguna conseguía retenerle mucho tiempo. No se había casado, pero Alonso deseaba que hallase la felicidad y le diese nietos. Alonso confesó a Marina que, a pesar de que con su hijo siempre había tenido problemas, era su preferido. Aunque ya no era un niño, sino un hombre maduro. Por lo menos, estaba contento porque había conseguido encontrar su camino en algo. Unos años antes, había abierto su restaurante y ahora desaparecía allí todos los días.

Charlando el tiempo pasó como un suspiro. Al día siguiente, Alonso tenía que regresar a Argentina. Se despidieron cariñosamente, pero por algún motivo cada uno intuía que se volverían a ver. Y muy pronto.

La vez siguiente, Alonso no fue a Rusia para hacer turismo, sino para ver a Marina. No habían transcurrido ni seis meses cuando se reencontraron.

– Marina, ya no soy joven, y el tiempo pasa cada vez más aprisa, –le dijo un día Alonso, –así que hago lo que creo necesario, lo que me dicta el corazón. La primera vez que te vi, no podía apartar los ojos de ti, sentía que eras alguien querido, aunque ni siquiera me lo podía explicar. Pero, cuando te he conocido mejor, he entendido por qué me siento tan atraído por ti. No puedo mirar tus ojos tristes sin sentirme mal. Y me parece que puedo hacerte feliz. Como mínimo, haré todo cuanto pueda.

Marina no daba fe a lo que oía. ¿Qué era aquello? ¿Una declaración? ¿O simplemente una expresión de agradecimiento? Marina estaba turbada, pero decidió no responder a aquellas palabras, contestándole tan sólo:

–Gracias, Alonso, me hace ilusión. Para mí también eres muy importante.

Ella también le sentía muy próximo.

Se abrazaron y no volvieron a hablar del tema.

Alonso pasó más de una semana con Marina. Ella le enseñó los monumentos, le invitó a casa y le presentó a sus hijos.

Alonso estaba emocionado y dijo que aquel año tenía que ir a su país a conocer a su familia.

–Marina, si te gusta mi país, te haré una propuesta para que te puedas quedar. Podrás vivir en nuestra casa. No te faltará de nada. Soy una persona bastante acomodada y para mí, tú y tus hijos sois mi familia, como mis hijos. Lo único que quiero es que tus ojos resplandezcan de felicidad.

Nunca nadie le había dicho algo semejante a Marina. Se echó a llorar por los sentimientos que habían aflorado. Alonso la estrechó en sus brazos y le dio un beso en la frente.

Un mes más tarde, Marina y su familia recibieron una invitación oficial para visitar Argentina. No se precisaba visado y nada retenía a Marina. Sus hijos tenían vacaciones. Así que decidieron ir todos juntos a visitar al Sr. Alonso.

Él tenía muchas ganas de presentarlos a su familia. Por ello, cuando se enteró de la llegada de Marina, llamó a sus hijos y les dijo que los quería reunir en una cena familiar para presentarles a una persona importante para él. Sus hijos no podían faltar.

El día del viaje, Marina tuvo un sentimiento extraño. Estaba nerviosa sin motivo. De vez en cuando, le venían a la mente retazos de antiguos recuerdos.

–Tonterías, –pensaba, –seguramente estoy nerviosa por el viaje tan largo. Es cierto que el vuelo fue agotador. Por ello, al llegar a casa de Alonso, Marina subió inmediatamente a la habitación de huéspedes y se acostó varias horas. En cambio, sus hijos encontraron pronto una ocupación. Su hija corrió a ver los caballos, y su hijo se instaló en un cómodo sofá junto a una biblioteca. La familia de Alonso todavía no había llegado, por ello Marina tuvo tiempo de dormir un poco y de arreglarse. Más tarde tendría tiempo de recorrer la casa y de mirarlo todo. Todos habían dicho que llegarían por la tarde, después de las siete.

Cuando Marina hubo descansado y bajó, oyó las voces de alguien en la sala. Por lo visto, había llegado uno de los hijos. Entró en la habitación. Alonso se le acercó, la tomó del brazo y dijo:

–Querida Marina, quiero presentarte a mis hijos. Mi hija Inés y su marido Alejandro.

Inés resultó ser una joven mujer agradable con una sonrisa amable y sincera. No se parecía en nada a Alonso, seguramente se parecía a su madre, cuya foto estaba colgada encima de la chimenea.

–Encantada.

Se dieron la mano y se abrazaron.

–Ahora llegará Gonzalo, el mayor. Él también ha llegado hoy en avión, pero ha corrido a estar un par de horas con nuestro pequeño disoluto.

–¡Papá! No es un niño. Si dices esto en su presencia, os volveréis a enfadar, –observó riendo Inés.

Alonso rezongó algo entre dientes, y todos se echaron a reír.

–¡Hola, familia! –se oyó desde el vestíbulo. –¿Ya habéis empezado sin mí?

Gonzalo entró en la sala. Marina no podía creer lo que veían sus ojos. ¡Su antiguo amigo, su profesor de tango y el orgullo de la familia Colmenares eran una misma persona! ¿Cómo no lo intuyó? ¡Alonso le había dicho que su hijo era un célebre profesor de tango!

Se saludaron cariñosamente, le dijeron a Alonso que se habían conocido en Berlín unos años antes y que durante un tiempo se habían visto con cierta frecuencia. Pero después siguieron distintos caminos. En cambio, tenían cosas de qué hablar. Se sentaron en el sofá, empezaron a recordar tiempos pasados y a contarse lo que había sucedido en sus vidas durante aquellos años.

–¡Vamos a recordar nuestra juventud! ¿No has olvidado lo que te enseñé? –Gonzalo se levantó dejando la copa de vino, y le tendió la mano a Marina.

–¡Qué haces? ¡No vamos a hacer el ridículo!

Pero Gustavo no soportaba que le contradijesen. Puso el disco, la tomó por la cintura, y el tango argentino les arrastró por las olas de los recuerdos.

Marina estaba muy bien. No pensaba que la familia Colmenares le reservaría una acogida tan cálida, pero la sensación extraña que había tenido la víspera del vuelo no había desaparecido. El corazón le latía más deprisa, y sus ideas parecían esfumarse de vez en cuando.

–¡Ajá! ¡Por lo que veo, la fiesta está en su apogeo!–se oyó la voz agradable de un hombre que parecía salir de una realidad paralela.

Gonzalo se calló. Marina se dio la vuelta.

–Aquí está Fernando. ¡La familia al completo!

La familia Colmenares se apresuró a abrazar al hombre que acababa de entrar. Marina se quedó de una pieza, casi sin respiración.Tenía la impresión de que su corazón había dejado de latir. ¿Fernando? ¿No se había equivocado? ¿Fernando, el hijo menor, despreocupado, que seguía buscándose? ¿Nando? Su Nando.

–¡Marina, Marina! ¿Qué te ocurre hoy? Ven, quiero presentarte a mi hijo, Fernando, de quien ya te he hablado.

Alonso tomó a Marina por la cintura. Estuvo muy acertado porque a Marina le flaqueaban las piernas. Fernando se acercó y le dio la mano. Sus ojos se encontraron. Habría reconocido aquellos ojos entre un millón, aunque pasasen diez o veinte años más. Pero cuando se rozaron, Marina estuvo a punto de desmayarse. Las ideas en su mente volaban. Las sienes le latían tan fuerte que no oía nada a su alrededor. Deseaba tener fuerzas para apartarse de su mirada y salir corriendo. Huir.

–Encantado, señora, –parecía que la había reconocido.

–Alonso, te ruego que me perdones, –Marina se dirigió al Sr. Colmenares, intentando no dejar entrever su nerviosismo, –no me encuentro bien. Voy a subir un momento a mi habitación.

–Claro, querida. Te entiendo. El vuelo es agotador. Sube, descansa, te llamaré un poco más tarde.

Marina fue a su dormitorio esperando que, cuando volviese, todo habría sido una mala pasada de su imaginación. Su querido

Nando al que tanto había amado muchos años antes. Nando, el padre de su hijo. Su amado a quien nunca había olvidado.

No, no. Todo aquello eran tonterías. No podían darse tantas coincidencias en una noche. Era otro Fernando. Y lo que sentía era sólo una mala pasada de su imaginación...

Pero sus ojos... ¿Por qué cuando él le había estrechado la mano todo su cuerpo se había encendido? Exactamente igual que muchos años antes, cuando su Nando la abrazaba.

De pronto, llamaron a la puerta. Sin esperar respuesta, Fernando entró en su habitación.

–Marina, perdone, sólo quería estar seguro. ¿Por casualidad no nos conocemos? No es posible...

Ahora no le quedaba ni la sombra de una duda. Era su Nando.

–¿Cuántos años han pasado? ¿Y cómo puede ser que nos hayamos vuelto a encontrar? Es increíble.

El rostro de Fernando resplandecía de felicidad. Marina también se olvidó de todo, pero no podía pronunciar palabra.

–Marina, sabes, han pasado muchos años, pero yo te recuerdo a menudo. ¡Qué lástima que no nos diésemos las direcciones! He viajado por todo el mundo. Te hubiese ido a ver, te hubiese encontrado. Te he echado a faltar.

Fueron el uno hacia el otro.

–Nando, tengo tantas cosas que explicarte...

Sus labios se unieron. Todo a su alrededor dejó de existir. Volvieron a ser los jóvenes enamorados para los que no existía nada más que su amor.

–Espera, Nando, –Marina intentó liberarse de su abrazo. Pero al ver sus ojos marrones, perdió de nuevo la cabeza.

Sus roces eran muy apasionados, sus abrazos, sinceros. Como si no hubiese habido tantos años de separación. Se fundieron el uno en el otro y no oyeron cómo entró en la habitación el Sr. Alonso. A lo mejor entró sin llamar a la puerta, o tal vez ellos no la habían cerrado.

–¡Fernando! ¡Qué diablos! ¿Qué estás haciendo? ¿Cómo te has atrevido a hacer esto en mi casa?

Fernando corrió hacia su padre.

–Padre, espera. No te enfades. Te lo explicaré todo.

El rostro de Alonso enrojeció de ira. Parecía no haber oído las palabras de Nando. De pronto, le dio una bofetada a su hijo.

–¡Lárgate de aquí! ¡No quiero escucharte!

Fernando no esperaba aquello de su padre. Sin dar ninguna explicación, salió corriendo dando un portazo.

–Marina, pero tú...

Los ojos de Marina se llenaron de lágrimas. De felicidad, de miedo o de vergüenza. Pero sea como fuere, aquellas lágrimas la aliviaban.

–Alonso, te lo ruego, escúchame.

Marina se arrodilló ante el señor Alonso, y lo abrazó.

–Señor Alonso, te suplico que me perdones por lo que ha sucedido. Conocí a Fernando antes que a ti. Fue el amor más importante de mi vida. Pero el destino nos separó. Y hoy, cuando nos hemos vuelto a ver, hemos entendido que nuestros sentimientos están vivos. Alonso, una vez me dijiste que querías que mis ojos volviesen a brillar. Me invitaste a tu casa, me has presentado a tu familia. Querías hacerme feliz. Ahora soy feliz. Tan feliz como lo fui un día, hace casi veinte años. Mi corazón late como si volviese a tener dieciocho años porque me he encontrado con la persona a la que he amado toda la vida. No queríamos hacerte daño. Sé que lo has hecho todo para que fuese feliz. Alonso, te ruego que nos perdones.

El señor Alonso levantó a Marina, le secó las lágrimas, la miró a los ojos. Los ojos de Marina resplandecían de felicidad.

–¡Qué extraño es el destino que me ha hecho hacerte venir hasta aquí! Marina, no podría retenerte sabiendo que tu corazón pertenece a otra persona. Una persona a la que quiero mucho, mi hijo. La sangre de mi sangre. Seca tus lágrimas y ve a buscarle. Es probable que esté a orillas del lago a donde iba cuando estaba triste.

Marina salió corriendo de la habitación, bajó la escalera y fue hacia el lago. Por las ventanas de la sala abiertas de par en par se oían los acordes de un tango argentino.

El volcán durmiente

El 5 de agosto los científicos registraron una notable actividad sísmica en el sector de un volcán considerado dormido desde hacía millones de años. Como se hallaba en el centro de Europa y su erupción hubiese podido causar daños a la población, los vulcanólogos lo observaban de cerca.

El volcán se había despertado tras un largo y profundo sueño. Ni siquiera sabía cuánto tiempo había dormido porque había soñado con una vida muy corriente, llena de acontecimientos distintos. En ella había habido encuentros felices, separaciones tristes, esperanzas de próximos encuentros, acciones indignas de seres queridos y apoyo de sus amigos. En realidad, todo lo habitual. Abrió los ojos, miró a los lados, sintió que sus articulaciones se habían entumecido. Se desperezó y bostezó. Estaba listo para dar la bienvenida a un nuevo día.

En la noche del 6 al 7 de agosto, el guardián se despertó con una señal inesperada del monitor. El volcán había iniciado su actividad vital. Los sensores registraban un pequeño temblor de dos puntos en la escala. Sin embargo, era suficiente para que desde las montañas cayeran pequeñas piedras y se formaran grietas en la corteza terrestre. Un par de horas más tarde, desde el lugar donde antaño estaba el cráter del volcán, se elevó hacia el cielo una pequeña nube de polvo. Y luego, nada más; fue como si el volcán siguiese durmiendo.

En el horizonte apuntaba un débil amanecer, y regresaron poco a poco los recuerdos de la vida anterior. Recordó cómo era en su juventud, qué pasiones internas sentía, cómo se divertía con sus amigos. Cuán feliz, en fin, había sido. El Sol, al despertarse, vio a su viejo conocido, y entendió que había vuelto. Le abrazó con sus cálidos rayos. Estaban muy contentos de volver a verse. Aquella noche decidió irse a dormir un poco más tarde para ver el cielo nocturno, saludar a sus amigas las estrellas y a la Luna, su fiel amiga.

Cuando le vio, no podía creer lo que veían sus ojos, ¡estaba tan contenta de ver a su querido amigo! ¡Tenían tantas cosas que contarse! Estuvieron hablando toda la noche de un tirón. Un par de días más tarde, le fue a visitar el viento que sopla en libertad. Pero, como siempre, estaba muy ocupado y pronto se fue volando a sus asuntos.

–¿Qué planes tienes, cuáles son tus sueños? –le preguntó una vez Altaír.

–No lo sé, no lo he pensado todavía. Vivo así, sin más.

–¿Cómo? ¿No tienes una meta en la vida?

–No, –contestó secamente, y se puso a pensar.

–¿Qué es lo que quiero en realidad? Querría vivir y alegrarme con cada día, como hace muchos años, –razonaba consigo mismo.

Pero tenía un sueño muy antiguo y secreto: soñaba con una erupción inaudita por su fuerza y belleza. Sí, era lo que quería en aquel momento.

Por la mañana se despertó resuelto a hacer realidad su sueño. Contó su meta a sus amigos, pero no encontró comprensión por parte de todos. Incluso alguno se burló de él y le aconsejó que abandonase aquella necia fantasía. Sólo la Luna le apoyaba, diciéndole que, si aquél era su sueño más secreto, debía perseguirlo, costase lo que costase. Además, no se sabía cuánto tiempo estaría despierto aquella vez y si volvería a tener la misma oportunidad. ¡Por ello tenía que tener tiempo de hacerlo todo!

Todos los días pensaba en la erupción, calculando adónde podía dirigirse la lava, qué altura alcanzaría la columna de polvo y si sería bella. Su sueño era tan fuerte que consiguió incluso cambiar su estado físico. En cuanto pensaba una vez en la erupción, se ponía poco a poco a temblar, y por su espalda rodaban pequeñas piedras. Su vientre se calentaba y no tenía hambre alguna.

Pero los vulcanólogos empezaron a alarmarse. La actividad vulcanológica aumentaba cada día: una vez cada varios días se observaba una ligera actividad sísmica, el nivel del magna aumentaba paulatinamente, y de vez en cuando salían del cráter nubes de aire caliente con partículas de polvo fino.

Cada día estaba más cerca de su meta. No podía pensar en otra cosa. Soñaba todas las erupciones posibles y los violentos fuegos artificiales que irrumpierían de su corazón. Soñaba con lo feliz que sería cuando se cumpliese su sueño.

Cuando los científicos se convencieron de que la erupción era inevitable, avisaron a la población. En poquísimas horas los habitantes de los pueblos y ciudades fueron evacuados, y se colocaron cámaras alrededor del volcán para que el mundo entero pudiese seguir su vida.

Desde el momento en que el volcán se despertó de su largo sueño, habían pasado sólo tres meses, pero todo estaba preparado para la erupción: el nivel de magma había alcanzado su máximo índice, la temperatura del cuerpo era óptima y el temblor por la anticipación se hizo más regular y fuerte. El volcán estaba a dos pasos de cumplir su sueño y no podía dar marcha atrás. Pero, en el momento crucial, empezó a tener dudas, le embargó la apatía. Tuvo miedo: ¿qué pasaría después? Entonces, las estrellas echaron más leña al fuego:

–Oye, ¿y para qué quieres hacerlo? –preguntó Vega, –¿Para quién lo haces? Mira, hasta la gente ha huido de aquí. Déjalo estar y vive tranquilo.

–¿Qué dices? ¡Hace tanto tiempo que me he preparado para ello! ¡Lo he soñado tanto! –contestó el volcán.

La erupción empezó después de medianoche. Sin embargo, no resultó tan fuerte como habían pronosticado los científicos.

En un radio de tres kilómetros alrededor del volcán se produjo un terremoto de por lo menos tres puntos. Luego el cielo se encendió con una chispa violenta, desde el cráter estalló una nube de vapor caliente, y por la parte norte de la pendiente fluyó un fino torrente de lava.

Tras la erupción, el volcán estaba fuera de sí. ¡Ya había sucedido! ¡Lo que anhelaba con tanta pasión y había esperado tanto tiempo! Su sueño se había cumplido. Pero ¿por qué le embargaba una sensación tan extraña? ¿Dónde estaba la felicidad que deseaba volver a sentir? En su fuero interno había tan sólo un vacío sombrío. No podía pensar en nada, no conseguía sentir. Miraba a cada lado, y no veía más que vacío. Había alcanzado la meta. ¿Y ahora qué? ¿cómo sería su vida a partir de entonces? No sabía para qué había vivido todos aquellos largos días, semanas y meses, pensando sólo en aquella erupción única.

Los científicos vulcanólogos estaban sorprendidos: según todos los índices, la erupción tenía que ser muy fuerte, pero lo que vieron recordaba tan sólo el último suspiro de un volcán extinto. ¿Adónde había ido a parar toda aquella energía que se había ido acumulando en el volcán durante meses? Por prudencia, los científicos no permitieron a los habitantes regresar a sus hogares. Analizaban con curiosidad lo que había sucedido, pero era como si el volcán hubiese vuelto a dormirse por millones de años.

Pero, a pesar de que la gente le consideraba dormido, no dormía. Mantenía un serio diálogo consigo mismo, intentando entender sus sentimientos. Era como si todo le hubiese salido mal. Pasaba los días intentando discernir su estado de humor. A la noche siguiente, le pidió consejo a la Luna:

–A ver, ¿qué opinas? ¿Por qué, después de realizar mi sueño, siento tanto vacío interior? ¿Por qué soy tan desgraciado? ¿Qué es lo que no he hecho bien?

–Tan sólo has cometido un error, –observó la sabia Luna, – soñabas con una cosa, pero hiciste otra, por esto te sientes tan mal. No soñabas sólo con la erupción que los volcanes tienen casi todos los años, ¡sino con algo único e irrepetible que iba a superar todas las erupciones anteriores por su fuerza y belleza!

–¡Cuánta razón tienes! Sentía esto, pero no lograba reconocerlo. ¡Gracias!

El resto de la noche, el volcán durmió un plácido sueño.

El 9 de noviembre, los vulcanólogos no entendían por qué su tutelado no daba señales de vida. Todos los aparatos guardaban silencio. Uno de los científicos bromeó irónicamente diciendo que aquello hacía desaparecer la calma antes de la tempestad.

Se hizo de noche. El volcán, reconciliado consigo mismo y, por fin, entendiendo sus deseos, cobró vida. Con la salida del Sol, el magma empezó a subir estrepitosamente hasta los respiraderos del volcán. En el cielo estrellado comenzaron a estallar nubes espesas de polvo y de vapor caliente. Después de la medianoche, se oyó la primera explosión. El cielo nocturno se iluminó con chispas deslumbrantes. Como en unos fuegos artificiales festivos se elevaban salpicaduras del fuego de la lava y fragmentos de roca. La tierra se estremecía. El volcán se regocijaba.

Los habitantes del planeta, siguiendo aquel acontecimiento, miraban sus pantallas boquiabiertos. Jamás habían visto un espectáculo tan fascinante. En aquella erupción estaban estrechamente intrincados una belleza no terrenal y un peligro mortal, la pasión desenfrenada y la impasibilidad serena. Todo el que viese aquella erupción con sus propios ojos no podría olvidarla jamás. Pasarían muchos años y la gente lo contaría con la misma admiración a sus nietos y biznietos.

Los vulcanólogos también sentían admiración. En primer lugar, les interesaban, claro está, los hechos científicos a secas. En este sentido, el volcán no les traicionó: ¡las explosiones más fuertes de los últimos doscientos años, la onda explosiva más fuerte y la nube de polvo más grande y espesa en el mundo! Y, además, el mayor número de explosiones en una única erupción que duró no menos de tres horas.

Al amanecer, sintió que le abandonaban las fuerzas. No le quedaba energía, ni un gramo de magma, ni calor. Se había entregado por completo e inmediatamente después de la erupción se sumió en un profundo sueño. Pero, al alba, cuando el Sol le cosquilleó con sus rayos calientes, se despertó y se sintió descansado. Percibía en su fuero interno una ligereza inhabitual, y de pronto se le apeteció contar a todo el mundo su excelente humor. A pesar de la fuerza de la erupción, no le dolía nada, era como si no estuviese cansado. Ahora era verdaderamente feliz. Pero por la noche Altaír volvió a preguntarle:

–¿Qué hay? ¿Has encontrado una meta en la vida?

–Sí, –contestó el volcán. –Tenía una meta y una vez me pareció que la había alcanzado. Pero me sentía muy mal hasta que entendí que no había alcanzado lo que tanto ansiaba. Y, cuando, por fin, lo alcancé, sentí un alivio inaudito, alegría y una oleada de fuerza.

–¿Y ahora? –le preguntó la Luna, –ahora que tu sueño se ha realizado, ¿volverás a dormir durante muchos millones de años?

–Oh, no, queridos míos, voy a respirar un poco y estoy convencido de que muy pronto aparecerán otro sueño y una meta en mi vida. Tal vez ya hayan aparecido...

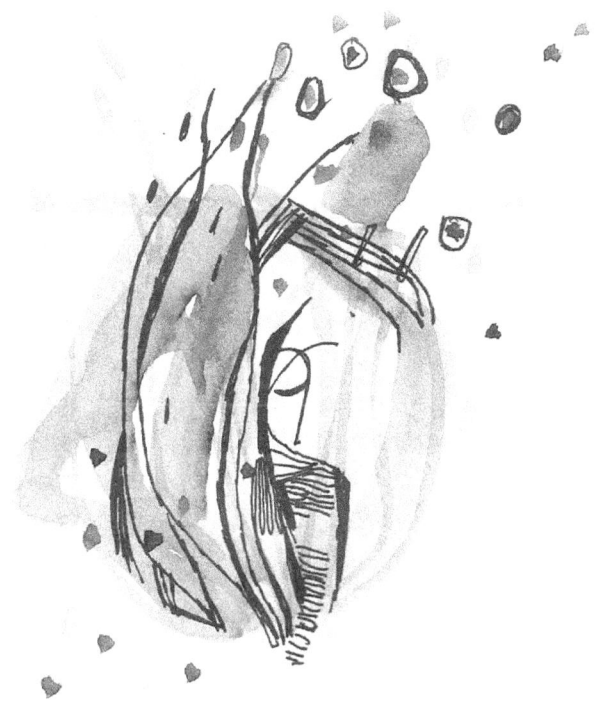

El corazón

Érase una vez un pequeño corazón que se despertó en su cama fría. Se levantó, se acercó al espejo y se percató de que sus ojos se habían vuelto muy grandes. Eran la mitad de su cuerpo.

–¡Qué extraño!, –pensó el corazón, –hace mucho tiempo que no los había visto así.

Aquello podía significar sólo una cosa: el pequeño Corazón estaba dispuesto a volver a amar.

Durante muchos años el Corazón había intentado encontrarse y encontrar otro corazón que le pudiese amar. Otro corazón al que poder dar todo su amor, sus cuidados, su paciencia y deseo.

El pequeño Corazón no era tan joven y en su cuerpo tenía algunas cicatrices profundas. Algunas habían sanado bien, otras estaban todavía enrojecidas.

–Mi querida Mente, –le dijo entonces el Corazón a su hermana sabía, –sé quetienes mucho poder, así que, por favor, haz que pueda vivir como antes, ciérrame los ojos a la mitad. Sabes lo que significa estar enamorado: sufrir, pasar noches en blanco esperando, sentir los cambios locos entre la felicidad y la tristeza, sentir el flujo de la inspiración. Seguro que todo esto es bueno, pero solo si te sientes correspondido. Mírame, ¿tengo el aspecto de que todas mis historias hayan tenido un final feliz? Estoy seguro de que tú tampoco quieres que esta historia se repita. Así que, por favor, ayúdame a cerrar los ojos.

Pero la hermana sabía que no podía hacer nada aunque lo había estado intentando, dando al Corazón, muchos ejemplos, para disuadirle. Pero no lo consiguió. Desgraciadamente, la Mente no pudo ni siquiera darle un consejo a su hermano menor.

–Oh, Dios mío, –dijo por fin el pequeño Corazón, mirándose en el espejo, –¡no quiero volver a sufrir! No quiero tener nuevas cicatrices en mi frágil cuerpo. ¿No crees que ya he sufrido bastante durante mi vida?

Pero Dios no le contestó, como suele suceder. Ni siquiera le envió una señal de que aquél fuese su plan taimado.

–Pero si quieres que vaya a buscar otro corazón solitario en este mundo, te obedeceré y lo haré.

En los últimos años, el Corazón había trabajado muy bien, conduciendo la sangre por todo el cuerpo. No tenía otros sentimientos que no fuesen el afecto por los amigos, preocupaciones sobre el cuerpo humano y el trabajo que hacía su cuerpo.

Y ahora el Corazón no tenía otra cosa que hacer que no fuese cumplir los deseos de Dios y encontrar otro corazón solitario.

El Corazón salió con sus grandes ojos y empezó a mirar a los ojos de otros. Pero no notó nada especial; no podía latir más aprisa cuando miraba a los demás corazones a los ojos.

–¡Espera! –pensó el pequeño Corazón mientras caminaba por el jardín. De pronto, vio otro Corazón, que también tenía los ojos grandes.

El pequeño Corazón se acercó y vio que aquel otro corazón estaba leyendo un artículo en una revista o, mejor dicho, mirando las fotos de colores. Aunque tenía unos ojos realmente grandes, no veía al corazón. Sus orejas estaban tapadas con auriculares, así pues, restaba ajeno al pequeño Corazón.

El pequeño Corazón estaba triste porque pensaba que podría encontrar a alguien de ojos grandes. Pero no sucedió tan aprisa como quería el Corazón.

Un día, el Corazón decidió irse al extranjero para intentar encontrar otro corazón que probablemente también le estuviese buscando a él.

Una vez, encontró un corazón que también parecía solitario. Tenía grandes ojos, pero no tenía tantas cicatrices como él.

–Bueno, –pensó el Corazón, –tal vez éste pueda ser el corazón al que puedo dar toda mi experiencia, mi amor y mis cuidados.

El Corazón hizo todo cuando pudo para que el otro corazón se sintiese feliz. Pero no le correspondió con los mismos sentimientos. Un día, el Corazón notó marcas de sangre en su propio cuerpo. Intentando ser más optimista y no perder la esperanza, puso vendajes en las heridas e hizo como si nada. El pequeño Corazón solía llevar los vendajes en lugar de ropa, sin advertir que aquello era una tontería. El Corazón hacía bromas, reía con el otro corazón, iba al cine o cocinaba. El pequeño Corazón inventaba un cuento de hadas sobre ellos y creía que podían ser felices. Pero el otro corazón estaba todavía frío y no quería todos aquellos sentimientos del pequeño Corazón de ojos grandes. Una vez, le dijo al pequeño Corazón que se tenía que marchar. El pequeño corazón intentó incluso perseguir al corazón frío. Aquel maratón duró bastante tiempo hasta que tropezó y se lastimó la pierna, pero el corazón frío no le tendió su mano delgada. Sólo había disfrutado del calor y de los cuidados que le prodigaba el pequeño Corazón. El corazón frío quería divertirse lo más posible, pero no podía curar al pequeño Corazón con su amor y ternura. El corazón frío sonrió y prosiguió su camino.

El pequeño Corazón de ojos grandes se fue a su casa, derramando lágrimas de sangre. Un día, le pareció que oía los pasos de alguien. Se dio la vuelta, pero no vio a nadie. En realidad, había muchos corazones, pero no le miraban como él quería: con grandes ojos abiertos de par en par. Algunos querían su calor, otros querían solo atención, pero nadie quería compartir con él su calor y sus sentimientos.

Un día, el Corazón estaba trabajando, conduciendo la sangre de su cuerpo y se paró unos instantes porque sintió algo inhabitual. Pero no se dio la vuelta porque había perdido la esperanza y sus ojos estaban cubiertos por la niebla de la gran ciudad.

Pero aquel sentimiento de algo inhabitual no desapareció. Entonces el Corazón se dio la vuelta y vio otro corazón. Muy grande, con los ojos muy abiertos. El segundo Corazón era mayor que él y parecía muy tranquilo y más experimentado. Pero parecía como perdido, el pequeño Corazón lo sentía sin duda alguna. En el cuerpo tenía cicatrices profundas, algunas cosidas con un hilo basto, otras eran casi invisibles y ahora estaba solo en un mundo tan grande.

–¡Noooo! –oyó el pequeño Corazón la voz de su sabia amiga la Mente, –¡No vuelvas a pensar en ese corazón! Te heriría. Es mejor que te concentres en tu trabajo.

El pequeño Corazón hizo lo que le había dicho la Mente. Para él era bastante fácil concentrarse en su trabajo.

Pero la presencia del corazón grande no dejaba en paz al pequeño Corazón. Se veían en el trabajo, por la ciudad e incluso un día en el restaurante. Y el Corazón grande se ponía siempre al lado del Corazón pequeño. Cuando hablaban, el ritmo de sus latidos era igual de lento. Se ponían a latir más aprisa con las mismas cosas y se detenían cuando tenían miedo a la vez.

Cuando el Corazón pensó que por lo menos podían ser buenos amigos porque probablemente tenían un pasado en común del que podrían hablar o tal vez el amigo mayor podría enseñarle cómo no aceptar sus grandes ojos y todas las esperanzas que tenía. Podían estar un tiempo juntos, divertirse o consolarse mutuamente.

Se hicieron buenos amigos y empezaron a pasar un tiempo juntos, y ambos se sentían bastante felices y cómodos. Disfrutaron de la calidez inhabitual que se daban mutuamente. Por fin, sentían que no estaban solos en aquel mundo tan grande y frío.

Su amistad hubiese podido durar para siempre, pero el pequeño Corazón tuvo un accidente. De pronto, se paró y empezó a caer por el agujero negro profundo. Nadie sabía por qué ni dónde caía. El pequeño Corazón, asustado, no entendía nada. Cerró sus grandes ojos y empezó a rezar, algo que no había hecho nunca. Pero dicen que las personas siempre se dirigen a Dios cuando no queda esperanza.

El pequeño Corazón no supo cuánto tiempo duró su caída. Pero al final sintió que había entrado en algo muy caliente y blando. Temiendo abrir los ojos, el corazón pensó que se estaba muriendo o que ya estaba muerto. Intentó descubrirlo por sus sentimientos, pero solo consiguió reconocer dos cosas que eran dos hermosas manos.

El pequeño Corazón abrió los ojos y lo primero que vio fueron los grandes ojos del Corazón grande. Le miraban amorosamente, con un amor puro de verdad, que era lo que había buscado tantos años. El otro Corazón dispensaba caricias y ternura con una mano y la otra mano tenía la fuerza suficiente para apoyar y proteger al pequeño Corazón.

De pronto, una luz muy fuerte los fusionó, como si fuese un signo que el pequeño Corazón había esperado tanto tiempo. El amanecer iluminó la ciudad dormida. Sin embargo, el pequeño Corazón pensó: "Gracias a Dios".

El Corazón grande puso al Corazón pequeño en sus pies, sin dejar de abrazarlo. El Corazón grande no quería que el Corazón pequeño se volviese a separar de él. Los dos Corazones eran absolutamente distintos, tan sólo sus ojos muy abiertos y sus esperanzas eran semejantes, pero eran muy felices juntos. Cuando iban de la mano, no podían imaginar sus vidas el uno sin el otro.

A partir de aquel día, latieron simultáneamente para siempre.

.

La nube desde la cumbre del cerro Mercedario o el milagro argentino

Entre los habitantes de Argentina corre la leyenda de que, una vez cada cien años, cuando sopla un cálido viento húmedo desde el mar, en los Andes, en la cumbre del cerro Mercedario nace una nube que da la felicidad a la gente. Prácticamente para un simple mortal no es real destacarlo ni menos aún distinguirlo de otro fenómeno atmosférico. La nube es una pequeña concentración de aire caliente enrarecido, pero parece un humo ligero apenas perceptible. Las personas que lo ven por casualidad se vuelven felices. En parte no adivinan cuál es la razón de la nube del cerro

Mercedario, en particular aquellos que nunca han oído hablar del milagro argentino. Pero esa nube viaja por todo el mundo, regalando a su gente calidez y caricias hasta que pierde sus fuerzas y se disuelve en la atmósfera.

¡Qué suerte tuvieron las personas que vivían en el año 2010, porque precisamente entonces el monzón de verano generó una nube mágica en los Andes! Un verano canicular bajó desde las montañas, sobrevoló América del Sur, cruzó ligera el océano Atlántico y llegó a la vieja Europa.

El mismo verano, un joven estaba viajando por el mundo buscándole un sentido a su vida. Durante unos días el destino le llevó a la capital de un Estado que soñaba con visitar desde hacía mucho tiempo. Cuando el joven tuvo una tarde libre, decidió pasear por la ciudad antigua y beberse un par de jarras de cerveza. Tras sentarse cómodamente a la mesita de un café al aire libre, observó a los transeúntes abigarrados: habitantes modernos de la ciudad, turistas que iban de un lugar a otro, prostitutas inauditas que acechaban a sus clientes junto al café. Aquel hombre estaba completamente ensimismado, intentando ordenar sus pensamientos y explicar de forma lógica cuanto le había sucedido durante el último año.

De pronto, sintió el soplo de un viento cálido y, un minuto más tarde, se percató de que estaba dentro de un ligero humo. Sin prestar atención alguna, sino más bien explicándoselo todo de forma lógica (calor por la puerta abierta del café, el humo por los fumadores de la mesa contigua), el chico terminó la cerveza, pagó y se fue. Pero de regreso al hostal donde se hospedaba, se dio cuenta de que algo no iba bien. De pronto los colores se volvieron más vivos. Escuchaba las risas contagiosas con más frecuencia, y él mismo caminaba por los adoquines con una sonrisa de satisfacción en el rostro.

– ¡Fenomenal, aquí saben hacer cerveza! –rezongó para sí sin ocultar su ironía.

Al llegar al hostal, el joven se unió a un alegre grupo de peruanos. Y no le molestó en absoluto que casi no se entendieran. Estuvieron haciendo bromas toda la noche, charlando e incluso cantaron el karaoke. Al volver a su habitación, se desplomó en la cama y se durmió con una sonrisa de felicidad en los labios.

A la mañana siguiente, para sorpresa suya no le dolía la cabeza. Se miró al espejo: no había rastro de resaca, sólo un brillo de felicidad en los ojos. El joven se afeitó, se puso una camisa de colores, desayunó y se fue a pasear por la ciudad.

Salió del hostal y volvió a sentir el soplo del aire cálido por su estómago, que recordaba remotamente el frío que muerde las mejillas. Y por algún motivo su corazón latía más aprisa de lo habitual.

Paseó todo el día por la ciudad, admirando su arquitectura, sus modernas instalaciones y los antiguos monumentos. El joven entró en una cafetería, pidió un café aromático con un bollo caliente y compró bolas de helado de colores. Todo el mundo le sonreía por doquier. Porque su rostro resplandecía. Se sentía maravillosamente bien. El joven era verdaderamente feliz. Quería gritarlo a cada paso, crear algo loco y hacer algo para que todo el mundo estuviese tan bien como él.

Sólo había una cosa que no entendía: ¿por qué de pronto le había sucedido aquello? ¿Por qué los colores se habían vuelto más vivos, la comida más sabrosa, la gente más buena y alegre, los sonidos y los olores más agradables...? ¿Qué pasaba? Buscando una respuesta a su pregunta, pasó unos días más en la ciudad. Durante aquel tiempo, su vida se hizo mucho más interesante. ¡En tres días, probó tantas cosas como no había probado en toda su vida!

Pero llegó el momento de volver a casa. Algo triste, pero con el corazón ligero, se despidió de sus nuevos conocidos, pensando además que no volvería a ver a aquellas personas extraordinarias (qué se le va a hacer, así es la vida).

El joven regresó a su casa y se enfrascó en los problemas que se habían ido acumulando. Pero cuando se acostaba, sonreía a pesar de todo. Y ahora miraba muchas cosas de otro modo. Un mes más tarde, empezó a ser consciente de que sentía anhelos de volver al lugar donde había sido tan profundamente feliz. Recordó aquel sentimiento de calidez y de protección que había experimentado una vez en el café al aire libre, y su extraordinaria ligereza al salir del hotel. El chico quiso volver a sentir lo mismo.

Se compró pues un billete de avión, y esperó impaciente la fecha más anhelada. Un día en que no hacía nada, se metió en Internet y encontró un artículo interesante sobre las leyendas del mundo. Entre otras cosas, hablaba también del milagro argentino.

El joven pensó de pronto que, posiblemente, lo había visto aquel verano en Europa. Y como tenía muchas ganas de recuperar aquel sentimiento indescriptible, decidió buscar la nube a cualquier precio, antes de que se disipase en el aire.

El día señalado, entró en el avión y esperó con el corazón helado el momento en que volvería a estar en el territorio conocido. Por la noche del mismo día, llegó a la entrada del hostal. Para su sorpresa, le recordaban y le acogieron como a un viejo conocido. Pasó varios días en aquella ciudad, viendo a sus conocidos o simplemente paseando por la ciudad. Pero, más exactamente, estuvo buscando aquel sentimiento que le había embargado unos meses antes.

La ciudad acogió al joven con los brazos abiertos. La gente le sonreía, los antiguos conocidos se alegraban cuando los iba a visitar. Pero no volvió a sentir aquella felicidad ilimitada. Es decir, estaba alegre, muy contento incluso. ¿Pero era feliz? Lo dudaba. Entonces pensó que la nube más legendaria de la cumbre Mercedario debía de haber volado a otro país. Y el chico decidió ir en su búsqueda.

Llamó a su casa y avisó a sus familiares y amigos de que estaría un tiempo más en Europa, que quería viajar un poco.

¿Cómo podía atrapar aquella nube? El chico no se lo podía imaginar. Pero por primera vez confió en su propia intuición. Cerrando los ojos pensó de pronto en Holanda. Al día siguiente, se fue en autoestop a Ámsterdam. Pero, al llegar, sintió que la nube acababa de escaparse de allí. La nube no estaba ni en Utrecht, ni en Gaude, ni siquiera en Leeuwarden. ¡Pero no había ido a aquel país en vano! Y empezó a viajar por Holanda esperando una nueva señal, estudiando paralelamente la historia de las costumbres y tradiciones de aquel país.

Un día, sentado a la mesa de un café, estaba hojeando el folleto publicitario de una agencia de viajes local. Un artículo sobre unas vacaciones inolvidables en España atrajo su atención.

—¡Ésta es la señal, —pensó el chico, poniéndose a averiguar cómo podía llegar cuanto antes a Alicante.

Un par de días más tarde, paseaba por la playa de San Juan buscando su nube preferida. Pero aquella vez también había llegado un poco tarde. La nube ya había hecho feliz a alguien en aquella pequeña ciudad, y había volado en otra dirección. ¡Pero no se podía perder aquellos días de sol a orillas del Mediterráneo! Y el joven pasó una semana inolvidable, descansando en la playa tumbado bajo los cálidos rayos del sol. En España aprendió a hacer windsurf, voló en parapente e incluso hizo submarinismo.

Desde España viajó a Croacia siguiendo los pasos de la nube mágica. También allí encontró sus huellas, pero no la vio. En cambio, el joven asistió a los días internacionales de jazz, tuvo tiempo de aficionarse a muchas tendencias musicales, visitó museos interesantes, y además aprendió muchas cosas nuevas de la historia de Europa Central.

Así pues, buscando la nube que trae la felicidad, recorrió más de un país. Pero por todas partes sólo halló las huellas de su paso por allí: los rostros felices de la gente, una bondad ilimitada, solicitud y amor.

Ya desesperado por volver a encontrar la nube del cerro Mercedario, el chico volvió a la ciudad desde donde inició su búsqueda. Volvió a hospedarse en el hostal acogedor donde le recibieron como si fuese uno de los suyos. Por la tarde, se paseó por su querida ciudad y encontró a sus queridos amigos.

Al regresar tarde por la noche, el joven miró el mundo a su alrededor y vio unos colores vivos, olió olores concentrados, oyó unas risas en un lugar lejano. Y en la boca percibía el aroma incomparable de la vida. Auténtico, vivo y contagioso.

—¡Qué suerte he tenido, —pensó, —de haber visto un día la nube de la cumbre Mercedario y luego de haber seguido sus huellas! ¡Todo el tiempo que he pasado buscando la nube desaparecida he sido verdaderamente feliz! Gracias a la nube he aprendido a respirar el aire a plenos pulmones, a valorar cada minuto de la vida y a alegrarme con cada nuevo día.

Algunas personas que han sido felices por lo menos una vez viven toda la vida de sus recuerdos de esta felicidad. Pero el joven de esta historia tuvo suerte. No sólo porque un día se encontró con el milagro argentino, sino porque aprendió a cazar cada soplo del viento y a ser feliz.

Desgracia de Miller

El ratón Miller llevaba soñando toda su vida con ser un simple ratón casero. Aunque no tan simple como los que habitan en los sótanos y como ladrones que al caer la noche se cuelan en la cocina. Él soñaba con una vida como ratón doméstico. ¡Cómo envidiaba a los hámsteres, que viven en las jaulas, los cuales tenían todo¡: comida hasta reventar, una suave camita hecha con papeles y entretenimiento en la rueda donde pueden correr sin fin ...!Que suerte cuando cuidan de ti, juegan contigo, te cogen en brazos y te quieren sin fin!.

¿Qué es lo que tenía él? Una enorme familia, de la cual tenía que cuidar y por ello, no disponía de tiempo para su propia vida. Solía cobijarse aquí y allí, en el primer agujero que lograba encontrar. Se alimentaba con lo que se encontraba tirado en el suelo y se contentaba con eso. En verano hacía calor, mientras que en invierno el viento frio se sentía hasta en los huesos. No le gustaba particularmente la lluvia, porque cuando llovía su pelaje se mojaba y se pegaba entre sí. Entonces, el agua entraba en sus oídos y encima si se mojaba su cola, con el frio, el resfriado estaba asegurado.

¿Y en casa? En casa el ambiente es cálido, la luz está encendida y del horno de piedra sale humo. Una vez por semana salen aromas tan deliciosos que el estómago se encoje. Pero ¿qué se puede hacer si está prohibido entrar en la casa? Si naciste siendo un ratón de campo, entonces debes vivir donde perteneces – solían decirle los padres a Miller desde pequeño-.

Él creía en eso. Miraba a sus hermanos y hermanas mayores y a sus enormes familias ratoneras y creía en que solo tenía un destino. Porque simplemente no era capaz de imaginarse otra vida.

Y solo a veces, cuando lograba eludir a sus amigos o familiares, se sentaba sobre un tronco de árbol cortado y miraba a lo lejos, allí donde en el horizonte se vislumbraba una casa mientras que del tubo de su chimenea de piedra salía humo.

Pasaron muchos años e inviernos desde aquel entonces cuando Miller miró por primera vez en dirección hacia la casa que se encontraba en el horizonte. Pero en todo este tiempo no había tenido el valor de acercarse a ella. En su cabeza ya le habían salido un par de canas, aunque los bigotes y el pelaje seguían siendo como cuando era joven, con la única diferencia de que ahora tras la espalda poseía una enorme experiencia vital y una astucia perfectamente desarrollada.

Con la llegada de cada primavera sentía una gran tristeza que se apoderaba cada vez más y más .Entonces una vez, Miller pensó que si no se atrevía a dar el paso jamás sabría si tener su propio hogar y alguien que le cuide es tan maravilloso como él se había imaginado.

Una noche, cuando los humanos se habían ido a dormir, y los hermanos del ratoncito se encontraban ocupados en busca de restos de comida en la hierba, Miller volvió a mirar al horizonte, cuando la tristeza le invadió. El ratón se sentó sobre sus patas de atrás, echó sus orejas hacia atrás, sacó sus bigotes al frente y comenzó a oler a lo lejos.

Pasados unos minutos, como si de un espía se tratase, se acercaba hacía la casa, corriendo de arbusto en arbusto, camuflándose tras un palo seco o un terrón de tierra. Bien iluminado por la luz de la luna, era vulnerable frente a las amenazas nocturnas, rodeado de búhos acechando su presa, tenía miedo de ser atrapado por las garras del cazador nocturno sin llegar a cumplir su sueño.

En unos veinte minutos, Miller cubrió la distancia de un par de kilómetros. Entonces ya estaba ahí, en el umbral de la casa, que plácidamente dormía en esas horas. Sin saber, a donde ir, el ratoncito giró a la izquierda del porche en busca de algún resquicio oscuro. Nunca había estado en casas grandes, por tanto no tenía idea de cómo era aquello por dentro. Todo lo que había visto hasta ahora eran madrigueras grandes y pequeñas. Había estado varias veces en los laberintos de los topos .Pero esto era algo totalmente diferente.

Apenas logró combatir su inexplicable miedo, Miller encontró una grieta en el fundamento de la casa, se coló dentro, donde el paso era estrecho y oscuro. Apenas su cola desapareció en la grieta, como la luz de la luna dejó de entrar dentro. Ahora tenía que orientarse solamente por medio de sus bigotes y su vista, los cuales, todavía nunca le habían fallado. Cuánto tiempo paso caminando sinuosamente entre las vigas de madera, el fundamento y el aislamiento de la casa – era algo que no sabía. Pero tenía la sensación de que ya era hora de aparecer en un lugar más amplio. De repente para su sorpresa, apareció en un gran recinto oscuro, donde se vio rodeado por una serie de olores desconocidos.

Miller entró en pánico .Cómo alguien igual que él, un ratón astuto y con experiencia, había podido encaminarse en una expedición de este tipo completamente desprevenido

– ¡Has debido de perder la cabeza con los años! -murmuró el ratón- enojado consigo mismo.

La tensión crecía, el ratón quería regresar, pero no lograba encontrara la grieta para volver. Miller corrió a la derecha, cuando su nariz se topó con un trozo de madera. Asustado se echó atrás, topándose con una pared. No tenía otra opción que seguir recto.

Miller hizo unos pasos hacia delante, sintió algo frio bajo sus patas, pero no tuvo tiempo de parar, perdió el equilibrio y cayó hacia abajo.

La caída parecía durar una eternidad. En sus intentos de agarrarse a lo que sea, Miller agitaba sus patitas, giraba su cola desesperadamente e incluso trataba de mover sus orejas para ver si a lo mejor llegaba a despegar. Sus intentos fueron en vano. Al final tocó fondo, y se golpeó de lado contar una superficie dura. Del susto el ratoncito se olvidó de respirar .En esos segundos, ante sus ojos, pasó su caída en la oscuridad y su aterrizaje sobre el suelo.

En ese momento un pensamiento recorrió su mente:

– ¡Debo de estar muerto! Cuando de repente, su corazón comenzó a latir frenéticamente y Miller cogió aire codiciosamente con su pequeño hocico.

!No! , ¡Estoy vivo! – concluyó, sin saber si alegrarse o lamentarse...-

Pero siendo optimista, pensó que todo iría bien y que no todo está perdido. Pensó que lograría recuperarse. Miller trató de levantarse pero se dio cuenta que había golpeado seriamente su patita delantera, temblando del horror se levantó en pie usando el resto de sus patitas y doblo su patita delantera derecha para evitar apoyarse sobre ella.

Mientras tanto a su alrededor todo seguía oscuro, entonces el ratoncito decidió investigar el espacio al tacto. Con frecuencia el miedo se colaba en sus huesos, interrumpiendo la línea de sus pensamientos. A veces todo su cuerpo lo recorría un escalofrió que hacia ponerse sus pelos de punta. Pero Miller no se daba por vencido.

Daba igual el lado al cuál moviera su hocico, sus bigotes se topaban con algún obstáculo. Con lo cual el astuto ratoncito concluyó que había caído en una trampa de forma redonda, la cual tenía un perímetro que le superaba en tamaño unas tres veces. Sorprendentemente el ratoncito perdió rastro de olor alguno. Solo a penas en algún lugar a lo lejos, se percibía un suave olor a leche, zanahorias, patatas, col y cebada pero no lograba concentrarse porque su cuerpo comenzó a temblar. Volvió a recorrer el perímetro del lugar en el que había quedado atrapado, pero todo seguía igual.

Entonces cojeando, corrió en círculos un par de veces con la esperanza de que algo cambiaria pero sin resultado. Lo único que logró fue entrara en calor. Allí en el fondo de la extraña celda que le tenía atrapado hacia frio, las paredes eran macizas y heladas, cuando toco una pared con su patita izquierda el frio recorrió su cuerpo de la punta de la cabeza a la punta de su cola.

El ratón no conocía ese material que le tenía atrapado por todas partes, bajo sus patas, a los lados en tanto que lograba alcanzar a ver. Miller nunca estuvo tan triste. Él trató de encontrar su optimismo, pero parecía que este le había abandonado en el momento de su caída en el abismo. Alrededor todo era negro y oscuro. A su lado no tenía a nadie que pudiera darle consejo o ayudarle. De la desesperación, Miller tragó saliva, entonces su trago retumbó con eco en su prisión. El ratoncito tembló, entonces se sentó sobre sus patas traseras, escondió su cola entre ellas y comenzó a pensar .No tenía otra opción.

Su mente estaba llena de los pensamientos más espantosos: Que estaba completamente solo, que pronto moriría, que le han cazado y que sería disecado. Miller fue encerrándose en su miedo y cayendo en depresión, no lograba parar.

Lo peor era que el ratoncito no entendía cuanto tiempo llevaba atrapado en ese lugar desconocido, extraño y oscuro. No se percibía ruido alguno del exterior, únicamente oía el desenfrenado ritmo de su corazón, su propia respiración y el golpeo sigiloso de su cola contra el suelo. No tenía hambre, no solo porque simplemente no pensaba en eso, Sino porque Miller había calculado que debía llevar atrapado en su extraña prisión por lo menos una semana o dos.

El frío de la noche se colaba en su cuerpo, apoderándose de él. Sus patas traseras y su cola se enfriaron volviéndose de color azul. Mientras que su nariz y sus orejas estaban heladas. Por eso, aun de vez en cuando un escalofrío recorría su cuerpo, por mucho que tratara de relajarse. Para calentarse un poco dio unas vueltas corriendo por su celda, pero lo único que consiguió fue unas gotas de sudor en su espalda mientras que las extremidades seguían heladas.

Debido a que no conseguía entender dónde estaba ni lo que ocurría en realidad, su mente se inundaba de horrorosos pensamientos. De pronto sintió como su estómago se encogía, su cabeza daba vueltas y sentía nauseas.

Se mandó a si mismo calmarse y logro combatir las náuseas. Sin embargo seguía sin ver la solución a su situación. Sumido en la melancolía, pasado un rato decidió tumbarse patas arriba y morir de pena. Así hizo, se tumbó, cerró los ojos y se dispuso a esperar a que le llegara su hora. Entonces recostado en su espalda le invadió una enorme tristeza y sintió pena de su destino cuando las lágrimas brotaron por si solas de sus ojos, al pensar en que no logro su sueño. Lloraba, no podía parar .Su hocico se mojó entero, las lágrimas como ríos caían a los lados, cuando una lágrima se escapó deslizándose por su nuca y de ahí entro en su oído izquierdo. Miller sintió un cosquilleo ,eso le hizo reír y reír tanto que sus miedos debieron de asustarse y le dejaron en paz, entonces el ratoncito logro relajar los músculos pero enseguida noto lo cansado que estaba ,con lo cual se acostó en su lado izquierdo haciendo un ovillo metiendo su cola debajo y se durmió.

Miller fue despertado por una luz intensa que le rodeaba.

– Esto es todo –pensó, mirando hacia arriba.

Miller bostezo plácidamente dejando al descubierto sus cuatro largos dientes

Y se relajó.

– Mama, mama, ¡mira quien cayó a noche en el bote de cristal! – salió diciendo la voz resonante desde arriba-.

–¡Pero bueno! si es un ratón campestre – Contesto una voz adulta – llévalo de vuelta al campo ,que regrese con los suyos.

– Mamaaa ¿podemos quedárnoslo? Mira que bueno y pequeño es, creo que no muerde.

– ¿No tienes suficiente con los hámsteres?

– Pero por favor....

– Bueno, vale... ¡pero si trata de escaparse, dejarlo en libertad!

– Vale

Entonces rápidamente se llevaron a Miller a algún lugar arriba, pronto sus ojos se acostumbraron a la luz y logro ver que le llevaban a la casa, allí donde tanto había soñado.

El bote de cristal con el asustado ratón en su interior lo dejaron en un rincón al lado de la jaula de un hámster que dormía satisfecho en su camita.

Mientras Miller miraba a su alrededor desde arriba le bajaron un platito con cebada, frutas frescas y le pusieron servilletas. Cuando de repente el enorme rostro de un niño apareció delante del ratón dejando ver sus pequeños y escasos dientes.

– Qué bueno eres .No tengas miedo .Perdóname, hoy tendrás que dormir en este bote pero mañana buscare un lugar más acogedor para ti. No te escapes de mí, yo te voy a querer mucho.

Claro que el ratón no había entendido lo que el humano le decía pero sintió que a partir de ese momento todo iría bien.

ELENA TELETSKAIA

www.ingramcontent.com/pod-product-compliance
Lightning Source LLC
Chambersburg PA
CBHW071358170626
46811CB00003B/1162